Marta Brandner

Vaterland – Mutterland

Marta Brandner

Vaterland *Mutterland*

Roman

an die Verfolgten
an die Vertriebenen
an die Verschleppten
an die Verlorenen

Verlag Schwind Wagner

1. Auflage 2004

Satz: Buch-Werkstatt GmbH, Bad Aibling
Druck und Bindung: Ebner & Spiegel GmbH, Ulm
Printed in Germany
ISBN 3-9805969-9-0

sterben

Und da weiß ich, dass nichts vergeht,
keine Geste und kein Gebet
meine ganze Kindheit steht
immer um mich her.
Niemals bin ich allein.
Viele, die vor mir lebten
und fort von mir strebten,
webten,
webten
an meinem Sein.

(Rainer Maria Rilke)

I

Seit dem Telefonanruf an jenem frühen Abend Ende April durchfährt mich immer noch ein Schreck, wenn ich ein Telefon klingeln höre. Mein Herz zögert viel zu lange mit dem nächsten Schlag, hält einfach inne, und erst beim dritten, vierten Klingelton setzt mein Herzschlag wieder ein. Heftig, schnell und unregelmäßig, als könne auch mein Herz nicht vergessen, dass an jenem Abend mein Leben plötzlich eine andere Wendung nahm. Ich hätte nichts über das Sterben und nichts über mich selbst erfahren, wäre ich zu Hause geblieben und niemals hätte ich das Leben meiner Mutter verstanden. Wahrscheinlich säße heute immer noch der bittere Schmerz und dieses taube Gefühl der Orientierungslosigkeit und des Alleinseins aus dem Waisenhaus in mir, die seit meinem zweiten Lebensjahr mitgewachsen waren.

Der 21. April versprach nach einer sternenklaren, noch frostigen Nacht ein schöner Frühlingstag zu werden. Die Vögel hüpften und zwitscherten seit dem frühen Morgen aufgeregt in dem dichten Buschwerk um das alte Haus, das Goetz und ich vor zehn Jahren gekauft hatten. Je höher die Sonne stieg, je stärker ihre Strahlen wärmten, desto ruhiger wurden die Vögel. Plötzlich verstummten sie, saßen auf einem Zweig hoch oben in den noch blätterlosen Bäumen, plusterten ihr Gefieder auf und badeten sich andächtig mit geschlossenen Augen in der Sonne.

Auch ich lehnte mit geschlossenen Augen an der Steinmauer, die den Gemüsegarten umfasste und hielt mein Gesicht in die zart wärmende Frühlingssonne. Goetz arbeitete an diesem schönen, trockenen Tag in seinem Gemüsegarten. Er grub Erde um, mischte die feine Komposterde darunter, zog mit einer Harke Pflanzrillen und setzte die am Vortag auf dem Wochenmarkt gekauften Gemüsepflänzchen in einer geraden Reihe nebeneinander in die Erde. Er arbeitete konzentriert und schweigsam. Manchmal gab er mir knappe Anweisungen.

»Harke! Schnur! Messer!«

Pflanze für Pflanze drückte er fest ins Erdreich und zusätzlich stampfte er sie mit dem Gewicht seines Körpers fest. Während ich ihm zusah und ihm die Geräte reichte, wunderte ich mich, dass seine großen Füße kein Pflänzchen verletzten.

»Wasser!«

Ich füllte Wasser in zwei Gießkannen und schleppte sie heran. Dann lehnte ich mich wieder an die Steinmauer, sonnte mich, wartete und dachte, dass Goetz mit seinem Gemüsegarten zu viel Aufwand trieb, alles zu exakt machte und sich in jeder freien Minute dort aufhielt. Auch mich wollte er ständig in sein Gartenreich locken und einbeziehen in seine Gärtnerleidenschaft. Doch ich fand, dass ich mit der Ernte und Verarbeitung seiner Gartenfrüchte genügend Arbeit hatte. Jetzt wollte ich nichts tun. Ich sonnte mich, schaute in den Himmel und dachte nach.

Mittags beendeten wir die Gartenarbeit und gingen ins Haus. Goetz stieg unter die Dusche und zog sich um, ich bereitete ein warmes Mittagessen zu.

Goetz aß schnell und gern. Mein Essen schmeckte ihm und mittags und abends musste ich ihm ein warmes Essen kochen.

»Du kochst ganz anders als meine Mutter«, meinte er.

»Ich koche gern.«

»Ein Wunder, dass du gerne kochst, bei deiner Familie.«

»Das schließt sich doch nicht aus.«

»Gott sei Dank habt ihr zu Hause eine Köchin gehabt, von der du das Kochen gelernt hast. Deine feine

Mutter hat sicher nie die Küche betreten«, und Goetz lachte und aß.

»Man spricht und lacht nicht mit vollem Mund«, sagte ich dann jedes Mal ruhig.

Nach jedem Mittagessen, während ich abwusch, den Haushalt in Ordnung brachte, Hund und Katze fütterte und danach mit Buck spazierenging, ruhte sich Goetz eine Stunde aus. Seit er vom Lehrbetrieb seiner Universität freigestellt worden war und an einem Buch über die Auswirkungen von Blitzen auf Porphyrgestein arbeitete, verbrachte er die Nachmittage am Schreibtisch in unserer Bibliothek. Auch hier hatte er gerne meine Gesellschaft, obwohl er im Grunde kein geselliger Mensch war. Ans Fenster hatten wir einen kleinen runden Tisch gerückt und dort saß ich, schrieb Briefe und lauschte nebenbei seinen geologischen Ausführungen. Nur manchmal, wenn ich an Übersetzungen arbeitete und mich konzentrieren musste, ließ ich in regelmäßigen Abständen ein unwirsches »Pscht!« ertönen.

Einmal im Jahr übernahm ich eine Buchübersetzung, meistens aus dem Russischen, das gefragter war als das Tschechische oder Englische.

Ich liebe es, in fremde Sprachen zu schlüpfen, die Geheimnisse, den Humor, den Charakter eines Volkes durch seine Sprache zu erkunden. Hinter der anderen Wortwahl, Satzstellung und Substantivierung liegen die Besonderheiten eines Volkes. Oft ertappe ich mich dabei, dass ich mit der anderen Sprache auch eine andere Gestik und Mimik übernehme und meine Stimme durch die fremdländische Sprachmelodie ihre Tonlage ändert.

Es war halb acht Uhr abends. Ich bewegte mich schnell zwischen Herd, Spülstein, Tisch und Anrichte hin und her, ließ die Nudeln ins kochende Wasser gleiten, rieb den Parmesan, hackte die vorbereiteten und gewaschenen Kräuter, da hörte ich in der Bibliothek das Telefon läuten. Goetz saß im Wohnzimmer vor dem Kamin und las Fachzeitschriften. In einer Hand hielt er gleichzeitig seine erkaltete Pfeife und ein halbvolles Glas trockenen Weißweins. Das Telefon schrillte weiter. Goetz rührte sich nicht.

»Gehst du nicht ans Telefon?« rief ich aus der Küche.

»Ich lese!«

Eilig wischte ich mir die Hände ab und lief an Goetz, der nichts außer seiner Lektüre wahrzunehmen schien, vorbei in die Bibliothek. Beim achten Klingeln hob ich ab.

»Na endlich«, hörte ich meinen Schwager Karl sagen.

»Du?«

Noch nie hatte Karl mich angerufen und ich war misstrauisch.

»Hör zu«, begann Karl, »deine Mutter möchte, dass du sofort nach München kommst. Sie ist wieder im Krankenhaus, es steht schlecht.«

Die wohlklingende Telefonstimme meines Schwagers erklärte mir in ruhigen und einfachen, durch gezielte Pausen unterbrochenen, Worten schwierige medizinische Zusammenhänge und Begleitumstände. Von Metastasen, Nierenfunktion und schauderhaften Leberwerten sprach er. Er war ein in unangenehmen Gesprächen geschulter Mensch.

Trotzdem wunderte ich mich, dass nicht meine Schwester mir mitteilte, dass unsere Mutter im Sterben lag.

Aber Olga hatte noch nie mit mir über intime Dinge gesprochen, vielleicht aus Scham, vielleicht auch, weil sie als Erstgeborene gelernt hatte, allein zu sein und alles mit sich selbst auszutragen. Das war ihre Stärke. Ich war anders, ich platzte mit jeder Regung aus mir heraus. Und ich weiß, vor allem meine ungeniert vergossenen Tränen hatte Olga immer an mir verabscheut. Auch sie hatte oft Grund zum Weinen, aber sie weinte lautlos, nachts, unter der Bettdecke ein stilles, einsames Weinen.

»Ich komme«, sagte ich und legte den Hörer auf. Reflexartig füllten meine Augen sich mit Tränen, als ich an meine Mutter dachte.

Obwohl die bösartige Geschwulst vor einem Jahr entfernt worden war, hatten sich, wie Karl sagte, an allen Organen und in den Knochen Metastasen gebildet. Mutter sollte bald nicht mehr leben. Ich konnte das nicht glauben, ich hatte sie immer vital, vor Lebensfreude sprühend, leicht und grazil gesehen. Krankheit und Schmerz passten nicht zu ihr.

»Meine Mutter liegt im Krankenhaus, ich fahre sofort nach München.«

Ich stand hinter Goetz und legte meine Hände auf die Lehne des Sessels, in dem er saß. Zweimal wiederholte ich den Satz, dann erst legte er seine Lektüre beiseite und sah mich an.

»Lass dir Zeit, wir haben ja noch nicht gegessen! Ich schlage vor, du rufst morgen im Krankenhaus an und sprichst zuerst mit den Ärzten. Vielleicht ist ihr Zustand gar nicht so dramatisch.«

Er nahm seine Zeitschrift wieder auf. Ich drehte mich um, anstatt in die Küche zu gehen, verschwand ich ohne ein weiteres Wort im Schlafzimmer und fing an, meinen Koffer zu packen.

Du reißt die Schranktüren auf, betrachtest die gestapelte und hängende Kleidung. Links hängen die bunteren Sachen, rechts das dezente Professorentuch. Den Anzügen entströmt ein kalt-modriger Duft. Hat er sich im Keller aufgehalten? Ach, die Uni! Was packst du ein, wie lange bleibst du? Zehn Höschen genügen. Warum steht er in der offenen Zimmertür? Das schmatzende, saugende Geräusch, das von seinen Lippen am Pfeifenstiel herrührt, macht dich nervös. Du musst dich konzentrieren, drei oder vier Hemdblusen? Die Farben müssen zusammenpassen. Das schwarze Trikotkleid trägst du immer gerne. Alles passt zu Schwarz. Er beobachtet dich wie ein Luchs. Warum fällt dir der Titel »Eines langen Tages Reise in die Nacht« ein? Ob deine Mutter Schmerzen hat? Sie war geübt im Ertragen von Hiobsschlägen. Sie war, sie ist deine Mutter! Seine Stimme ist unsicher und doch scharf. Was sagt er? Du lässt ihn im Stich? Aber er stirbt doch nicht. Vielleicht fühlt er sich so.

»Hannah! Hörst du mir nicht zu! Willst du wirklich heute noch fahren?«

Ja. Ich wollte heute Nacht noch fahren, mit dem Schnellzug um ein Uhr von der nahen Stadt aus. Ich ging ins Badezimmer und holte meine Wasch- und Kosmetiksachen, legte sie obenauf und schloss den Koffer.

»Dann fahre ich dich gleich zum Bahnhof, ich muss mir nicht auch die Nacht um die Ohren schlagen, also komm!«

Goetz nahm meinen Koffer und ging. Ich streichelte flüchtig Buck, der in der Küche lag, über seinen warmen Kopf. Die Katze war nirgends zu sehen. Ich schulterte meine Handtasche und verließ unser Haus. Im Bruchteil einer Sekunde, als ich den Schlüssel ins Schloss steckte und zusperrte, leuchteten vor mir die Bilder unserer gemeinsam in diesem Haus verbrachten Jahre auf. Wie in einem Farbfilm konnte ich sie sehen, ich stand still und getraute mich kaum zu atmen. Plötzlich war alles vorbei. Ich zog den Schlüssel ab und lief auf das wartende Auto zu.

II

Ich hatte Zeit.

Wie konnte ich die Zeit nur dazu bewegen, zu fließen, zu springen, sich vorwärtszuschlängeln, damit sie nicht so bleischwer an mir hing, alles Leichte aus mir herauspresste und Klumpen einer erzfesten Schlacke zurückließ? Ich konnte kaum atmen und zwang mich, vorsichtig gegen die Schwere anzugehen.

Ich saß allein auf einer Bank in der Bahnhofshalle und wartete, dass die Zeit verging. Eine Stunde hatte ich in ungeheurer Anstrengung schon hinter mich gebracht. Zwei Stunden standen mir noch bevor, dann würde der Zug kommen, dann würde sich etwas bewegen, ich würde mich entfernen und gleichzeitig näherkommen.

Drüben an der Theke der Trinkbar drängten sich die Menschen. Zwei Barmänner in knappen, weinroten Uniformen servierten Kaffee, Säfte, Alkohol. Die meisten Menschen standen allein und stumm vor dem Tresen. Außer der Bestellung und der abschließenden Frage »Was macht's?« oder »Wieviel?« redeten sie nicht miteinander. Sie waren fremd. Trotzdem wäre ich gerne bei ihnen gestanden und hätte einen heißen, schäumenden Milchkaffee getrunken. Die Vorstellung des zarten Milchschaums auf meiner Zunge und am Gaumen machte mich noch gieriger. Aber da war dieses bleischwere Gewicht in meinen Beinen. Unbeweglich blieb ich sitzen mit dem Wunsch nach heißem Milchkaffee. Da sah ich mein Gesicht in der Spiegelfläche hinter der Bar. Ich erschrak.

Das bist nicht du! Niemals sind deine Haare so fettsträhnig und stumpf auf deinen Schultern gelegen. Du hast glänzendes rotes Haar. Das Licht ist hier nicht schmeichelhaft, dein Teint wirkt gelb und weiß. Du bist müde, die Augen fallen dir zu. Das großflächige Gesicht hast du von deiner slawischen Seite mitbekommen und die Nase und die Melancholie.

Hatte die Trauer schon mein Gesicht verändert? Aber es war doch noch gar nichts passiert. Ich schloss meine Augen, ich versuchte nicht zu denken und die Zeit verging schneller.

Der Zug kam pünktlich.

Angezogen lag ich auf der schaukelnden Pritsche des Liegewagens. In meinen Ohren setzte sich das tiefe und gleichzeitig hohe Dröhnen, das Grollen und Quietschen der Eisenbahnräder fort. Schiene, Rad, Waggon, Liege, Ohr und dann? Vielleicht Waggondecke, Luft, Himmel, Sterne. Und dann?

Ich konnte nicht schlafen, mit geschlossenen Augen lag ich und wachte. Ein Bild nach dem anderen schob sich vor meine Augen, ich sah Zellen, die sich wie von Zauberhand vermehrten und je mehr die Ärzte, diese Zauberlehrlinge, versuchten einzugreifen und einzudämmen, desto schneller spalteten und vermehrten sich die aus der Kontrolle geratenen Krebszellen.

»Alles hat einen Anfang und ein Ende«, dachte ich, »wo ist das Ende?«

Ich dachte an Goetz, wie er sich schnell am Bahnhof verabschiedet und dabei nicht einmal den Motor abgestellt hatte. Eine Weile war ich noch, mit der rechten Hand in Kopfhöhe winkend, dagestanden und hatte den roten Rückleuchten nachgestarrt, die sich aber schnell in eine Autoschlange einreihten, bis ich nicht mehr wusste, welchem Auto ich nachwinken sollte. Ich senkte meinen Arm und griff zum Koffer. Mir war nicht entgangen, mit welcher Vehemenz Goetz beim Abfahren aufs Gas gedrückt hatte.

Goetz, immer fuhr er viel zu schnell. Sein Auto war sein Katalysator bei jeder Gelegenheit, bei jedem Streit und Ärger. Im Rausch der Geschwindigkeit wurden seine Gefühle erträglicher. Früher, in seiner Studienzeit, hatte er oft mit Unfällen dafür bezahlen müssen, immer nachts, wenn er sich den Druck von der Seele fuhr. Es war sein Pech, dass die schwarz gekleidete alte Frau plötzlich vor ihm die Fahrbahn betrat – was suchte sie mitten in der Nacht auf der Straße –, er konnte gerade noch das Steuer herumreißen und krachte dabei gegen einen Laternenpfahl. Die Frau hatte er nicht berührt, sie war vor Schreck gestürzt und hatte sich den Oberschenkelhals gebrochen. Erst bei der Gerichtsverhandlung erfuhr Goetz, dass sie im Krankenhaus an einer Lungenembolie gestorben war.

In jener Nacht raste er wieder durch die Straßen der Stadt.

»Dabei hört das Denken auf ...«, hatte er zu mir gesagt.

Lachend hatte er mir auch davon berichtet, wie er einmal in einer Kurve geradeaus gefahren war. Absichtlich. Und wie ein erregendes Pochen im Herz und in der Magengrube getobt hatte, gemischt mit einer boshaften Schadenfreude, in der Sekunde, als er sich entschied, das Steuer nicht nach links zu ziehen. Ein Acker hatte jäh sein Auto gebremst und in die Luft katapultiert. Mit einer fein gespitzten Aufmerksamkeit hatte Goetz seinen Flug und Salto durch die Luft verfolgt. Ihm war nichts passiert. Stolz war er darauf. Er war nicht vor Schreck in Ohnmacht gefallen, sondern hatte kaltblütig und analytisch seinen Weg zum möglichen Tod verfolgt. Er brauchte diesen Kitzel und im Grunde wusste er selbst nicht, welcher Teufel ihn da ritt.

Seit wir geheiratet haben, ist die Zahl seiner Autounfälle zurückgegangen, aber der Kitzel ist geblieben. Auf meine Frage, wie sich das anfühle, hatte er geantwortet:

»Süß und grausam, heiß und kalt zugleich.« Und erst nach einer Weile hatte er hinzugefügt:

»Wie meine Mutter ...«

Ich kannte Goetz so gut und wusste, wenn er zu Hause ankäme, würde er sich ein Glas Whisky einschenken, die Katze greifen, sich auf den Schoß legen und so lange ins Feuer des Kamins starren, bis er im Sessel eingeschlafen wäre. Änderungen, die mit seinem Alltag oder mit mir einhergingen, hielt er kaum aus, während er beim Bergsteigen und auf Reisen alle Strapazen auf sich nahm.

Ich lag und wachte. Ich suchte keinen Schlaf, und er kam auch nicht von selbst, und trotzdem kam ich nach sechs Stunden ausgeruht in meiner Heimatstadt München an.

Es herrschte Föhn. Kaiserwetter! Ich betrat die Arnulfstraße. In den Fensterscheiben des gegenüberliegenden Hotels spiegelte sich ein blauer Himmel. Der Himmel verwirrte mich, er war blau und glänzend und glasklar und doch mit einem matten, weißen Schleier überzogen, durch den sich das Blau brach und noch intensiver strahlte. Dieser Himmel fiel mir noch nach Jahren als erstes ein, wenn ich an meine tote Mutter dachte.

Ohne den sperrigen Koffer, den ich in einem Schließfach verwahrt hatte, nahm ich ein Taxi zum Krankenhaus und zog mich auf die hintere Sitzbank zurück. Der Taxifahrer war gut gelaunt, aber ich hatte keine Lust mit ihm zu reden. Der aggressive Verkehr und der Lärm der Großstadt verstörten mich. Das ständige Anfahren, Rumpeln, Bremsen, Beschleunigen des Taxis rissen meine Gedanken auseinander. Gerade war mir durch den Kopf gegangen, dass in allen Sprachen, die ich beherrschte, das Verb »sterben« vom Substantiv »Tod« abgeleitet wird, nur im Deutschen nicht. Der Tod eines Getöteten ist aber anders als der eines Gestorbenen. Sterbung? Vielleicht hat es so ein Wort einmal gegeben.

Das Taxi fuhr die geschwungene Pflastersteinauffahrt zum Krankenhauseingang hinauf und wieder riss mein Gedankennetz. Ich zahlte und betrat einen kasernenartigen Bau. Durch öde, fensterlose Bunkergänge zog sich mein Weg zur Onkologischen Station. Weißes Neonlicht prallte auf türkisgrün gestrichene Wandflächen. Ich fühlte mich elend.

»Ich will nicht, dass meine Mutter in diesem Krankenhaus bleibt«, dachte ich.

Eine Ärztin ging an mir vorüber, unsere Augen trafen sich und wir lächelten uns spontan an, fremd und vertraut.

»Wenigstens gibt es eine nette Ärztin in diesem trostlosen Bunker!«

Solche Gänge kennst du aus deinen Träumen. Kafkaerfahrene Wege, das Ziel immer versperrt. Du suchst den Ausgang, findest ihn nicht. Wer hat dich hier eingesperrt? Nach deiner Heirat, erinnerst du dich, fingen diese Art von Träumen an. Du rennst durch fensterlose Gänge und findest den Weg ins Freie nicht.

Hier, das Zimmer Nummer 23. Ich machte schwungvoll die Tür weit auf. Grelles Sonnenlicht spiegelte das Weiß der Wände und der Bettwäsche wider und schmerzte in meinen Augen. Der Kinderkörper in dem viel zu großen Bett, das war meine Mutter. Sie hatte ein fremdes Gesicht, wahrscheinlich wegen der Schmerzen. Ihre braunen Augen glänzten schwarz und bewegten sich unruhig hin und her. Auch ihre Hände waren rastlos, griffen und pflückten etwas Unsichtbares von der Bettdecke. Ich trat ans Bett, nahm ihre Hände zwischen meine.

»Hanni, mein Hannile! Ich wusste, dass du rechtzeitig kommst, ich habe keine Zeit mehr!«

Ihre Stimme klang rau und heiser, das Sprechen fiel ihr schwer. Es drängte sie aber zu reden und mir von den roten und schwarzen Gesichtern zu erzählen. Fratzen, Geister, Teufel, Fledermäuse wechselten sich ab und kamen in endloser Formation auf sie zugeflogen, auch wenn sie die Augen fest geschlossen hielt. Sie ertrug diese tanzenden Bilder kaum noch.

»Ich kann nicht mehr«, sagte sie, »warum geben sie mir nicht Medikamente, mit denen ich friedliche Engel sehe?«

Ruhig blieb ich an ihrem Bett sitzen, hielt ihre zuckenden Hände fest und hörte ihr zu. Die Teufelchen waren mir vertraut, auch in mir sind sie inwendig am Werk, zerstören so viel. Jede lustvolle Tat und jeden kühnen Gedanken verzerren sie, bis nur noch Gewissensbisse und Schuldgefühle übrig bleiben.

Wie damals als ich mir den sehnsüchtigen Wunsch erfüllte, Nurejew und Fonteyn auf der Bühne von Covent Garden tanzen zu sehen. Auf dem Weg zum Flughafen strafte mich Goetz mit bösem Schweigen, ich hielt meine brennende Vorfreude dagegen. Bei der Ankunft in London züngelten schon Gewissensbisse in meine Freude hinein und dann war ich täglich damit beschäftigt, ein Telefon zu suchen und Goetz anzurufen, den ich nie erreichte, bis mir die Idee kam, bei seinen Eltern anzurufen, wohin er sich tatsächlich verkrochen hatte. Aber da war meine Lust schon verflogen, ich kürzte meinen Aufenthalt ab, verzichtete darauf, mich mit Freundinnen aus meiner Londoner Internatszeit zu treffen und grollte gleichzeitig gegen mich, dass ich das tat. Nur der Glanz Nurejews blieb. Seine Fähigkeit, am höchsten Punkt eines Sprunges für einen Augenblick in der Luft zu verharren, als ob es für ihn keine Erdanziehung gäbe.

Ich versuchte ein Lächeln. Mein Gesicht dehnte sich zu einem erschreckten Ausdruck und ich stellte mir vor, wie ich die nächsten Tage, vielleicht sogar Wochen, in diesem grellweißen Krankenzimmer verbringen und meine Mutter hilflos anlächeln würde.

»Hol mich nach Hause, Hanni!« Hatte sie meine Gedanken erraten? »Ich habe noch vierzehn Tage zu leben, ich brauche die Zeit. Ich will noch vieles zu Hause in Ordnung bringen.«

»Ist das erlaubt«, dachte ich erschrocken, »eine Sterbenskranke aus dem Krankenhaus zu nehmen? Wäre es nicht besser, sie in der Obhut der Ärzte und Schwestern zu lassen und die Papiere und Akten, die sie wünscht, ins Krankenhaus zu bringen? Oder steckt dahinter etwas anderes? Im eigenen Bett, im vertrauten Zimmer, daheim zu sein, wo die Vögel vor dem Fenster freier zwitschern, die Luft anders riecht, wo meine Mutter die Geräusche der Straße kennt und sich zu den Stimmen, die sie aus den rückwärtigen Gärten hört, die Menschen dazu vorstellen kann.«

Ich wusste nicht, was ich tun sollte, da wurde die Tür geöffnet und die Ärztin mit den lächelnden Augen trat ein. Sie reichte mir die Hand.

»Wir kennen uns ja schon.«

»Ihr kennt euch?« fragte meine Mutter ungläubig. »Ich sagte gerade zu meiner Tochter, dass ich nach Hause möchte.«

»Das ist aber nicht realistisch«, antwortete ich schnell.

»Warum nicht? Auch ich befürworte eine Entlassung, wenn Sie Ihre Mutter pflegen und der Hausarzt bereit ist, jeden Tag vorbeizukommen«, meinte die Ärztin.

»Aber das kann ich nicht!«

»Sie werden sehen, dass Sie es können. Sitzen Sie viel bei Ihrer Mutter, hören Sie zusammen Musik, seien Sie einfach da. Am Ende eines Lebens ist nicht medizinische Behandlung, sondern eine liebevolle menschliche Zuwendung wichtig. Also Mut, Sie schaffen das!«

Und noch bevor ich mich mit der Vorstellung, meiner krebskranken Mutter den ganzen Tag beim Sterben zuschauen zu müssen, anfreunden konnte, unternahm die Stationsärztin bereits die nötigen Schritte. Sie telefonierte mit dem Hausarzt und füllte die Entlassungspapiere aus. Die Kranke sollte sofort eine Blutübertragung bekommen, das würde sie kurzfristig stärken und der Transport nach Hause könnte durchgeführt werden. Morgen schon!

Und du weißt noch nicht, dass es die wichtigste Zeit in deinem Leben sein wird. Noch deutet nichts darauf hin. Dinge werden sich ereignen, die längst schon geboren sind und die du noch nicht kennst. Mit jedem Schritt in die unbekannte Zeit hinaus tappst du in ein dunkles Loch und etwas in dir verlangt danach, es zu ergründen, auch wenn du das Ende noch nicht kennst.

III

Im Haus meiner Mutter war es halbdunkel, die Rolläden waren herabgelassen. Ich zog sie hoch und machte die Fenster auf. Mildes Nachmittagslicht legte sich auf die Teppiche und Möbel, streifte an der Wand das große Ölgemälde von Prag. Das Bild leuchtete.

Prag, die goldene Stadt, deine Geburtsstadt. Die Stadt mit den hundert Türmen, der symphonischen Moldau und dem Brückenheiligen, der sein Leben gibt, um ein Beichtgeheimnis zu wahren. Musikanten und Märtyrer beherbergt die Stadt. Richtig kennengelernt hast du sie erst mit zwanzig Jahren, da bist du durch die Gassen der Kleinseite und der Kampa gewandert, die Erzählungen deines Vaters immer im Kopf. Civitas minor - die kleine Seite, wie man sie nannte, bevor der Adel dort seine Pracht entfaltete. Du siehst die Burgen und Paläste der Ottokare, Rudolfs, der Waldsteins oder Wallensteins, Schönborns, Schwarzenbergs und vieler mehr. Die Kleinseite empfindest du als die weibliche Seite deiner Stadt, die Altstadt dagegen, mit ihrem Rathaus, dem Judenviertel, dem Denkmal für Jan Hus und der strengen Teyn-Kirche, siehst du als die männliche an.

Dein Vater wohnt auf der mütterlichen Kleinseite und zieht jeden Tag über die Karlsbrücke auf die männliche Seite, auf der er seine Erziehung im Deutschen Akademischen Gymnasium erhält. Viele Berühmte saßen vor ihm dort auf der Schulbank, Smetana, Rilke, Kafka, Brod, Urzidil, Kisch. Du bestaunst die klobige Karlsbrücke, die den Kleinseitnerplatz mit dem Altstädterplatz, Mutterseite mit Vaterseite, verbindet und genau in der Mitte steht dein Freund, der heilige Nepomuk, Wächter über die rechte und linke Seite der Moldaustadt. Du gehst an den Stellen vorbei, an denen dein Vater täglich vorbeigeht, am Prager Rathaus, auf dem die lateinische Inschrift »Richtet gerecht, ihr Söhne des Menschen« eingemeißelt steht, an den grauschwarzen Mauern der deutschen Karl-Ferdinands-Universität, von deren Professoren er das gerechte Richten lernen soll und der helleren Fassade der tschechischen Karls-Universität, deren summa-cum-laude-Absolventin er 1936 heiraten wird.

Immer wieder stehst du auf der Brücke und schaust hinab in das schiebende Wasser des Flusses und denkst an die lustigen Prager Lausbubenstreiche deines Vaters.

Jetzt plötzlich kommt dir in den Sinn, dass dein Vater auch traurig gewesen sein muss, sein ganzes Leben traurig ist und dass das freche Jungenbenehmen auch ein Zeichen von Verzweiflung ist. Du kennst das. Außen lustig, innen traurig, Kasperl und Pierrot zugleich.

Du gehst zurück zu dem prächtigen Palais an der Steige, stehst davor, schaust hinauf und stellst dir vor, wie der kleine Josef allein am Fenster steht und durch die buckligen Fensterscheiben sehnsüchtig in den Himmel blickt. Der Himmel, der ebenso fern und unerreichbar ist wie Vater und Mutter, die angeblich dort leben. Und da tritt vielleicht die Grandmère ins Zimmer, umarmt das traurige Kind und lässt Josef in ihren raschelnden Seidenrock weinen. Der Stoff muss herrlich nach frisch Gebackenem riechen, denn schon fragt Josef:

»Kann ich eine Buchtel haben?«

Nicht einmal ein Foto oder ein Bild hast du von deiner Urgroßmutter, der Grandmère, nur legendäre Geschichten aus der Sicht und Phantasie eines Kindes. Sie muss gütig, weich und doch resolut sein. Eine Französin aus dem Elsaß mit flammend roten Haaren, so wie Olgas Haare und deine. Abwechselnd französisch, deutsch und tschechisch sprechend erzieht sie vierzehn Jahre lang ihre fünf Enkelkinder, die Vollwaisen. Dann ist ihre Kraft zu Ende. Auch im Sterben handelt sie resolut und bereitet sich, als ob sie die Stunde ihres Todes kennen würde, darauf vor. Die Grandmère weiß ihre Lebensuhr zu lesen.

Es ist Zwetschgenzeit im Kriegsjahr 1917. Die Großmutter sammelt ihre Enkelkinder um sich – Josef, Josette, Georgine, Giselle, nur der Älteste, Gilbert, fehlt, er befindet sich bei einer Kavallerieeinheit in Italien – und sie gibt ihnen an einem strahlenden Samstag Morgen den Auftrag, mit der Eisenbahn hinaus nach Karlstein zu fahren und auf dem Gut von entfernten Verwandten

Zwetschgen zu pflücken. Sonntag Abend sollen die Kinder wieder nach Hause kommen.

Zwei Tage Zeit zum Sterben nimmt sich die Grandmère. Sie ordnet die herrschaftlich große Wohnung, legt ein handgeschriebenes Testament mitten auf den Esszimmertisch und beschwert es mit einer Karaffe. Sie wäscht sich und bürstet ihr langes, immer noch rötliches Silberhaar. Sie bezieht ihr Bett mit der feinen damastenen Hochzeits-Bettwäsche und füllt alle Vasen mit späten Sommerrosen. Ihr letzter Atemzug soll rosenduftgefüllt sein.

Als sie Sonntag Abend braungebrannt und mit Körben voller süßer Zwetschgen die Wohnungstür öffnen, schlägt den Kindern das gefangengehaltene, schwere Rosenparfum entgegen. Sie treffen Grandmère schon im Bett an, sie scheint selig zu träumen. Ihr Gesicht strahlt. Giselle ist einem solchen Gesicht im Krankenhaus schon begegnet. Feierlich verkündet sie ihren Geschwistern:

»Grandmère ist tot.«

Das jüngste Hauser-Kind Josef, dein Vater, ist sechzehn Jahre alt.

Jetzt, da dein Vater dir nicht mehr Rede und Antwort stehen kann, würdest du gerne wissen, wie die Grandmère dem kleinen Josef von seinem Vater erzählt, wie sie den rätselhaften Selbstmord des Richters Dr. Adam Hauser mit zweiundvierzig Jahren erklärt. Hasst sie ihren Schwiegersohn dafür? Versteht sie ihre Tochter Madeleine, die ihrem Mann kaum ein Jahr später an gebrochenem Herzen ins Grab nachfolgt? Fünf Kinder, Josef das jüngste erst zwei Jahre alt, können das Herz der Mutter nicht mehr erwärmen, ihre Seele nicht halten.

»Wie ein Geist hat sie sich verflüchtigt«, sagen deine Onkel und Tanten.

Kannst du das glauben? Dass man die Liebe zu einem

Mann höher stellt als die Liebe zu einem Kind? Dass mit dem Tod des Geliebten auch der eigene Lebensatem verlöscht?

»Mich wundert nicht, wenn einer stirbt vor des Geliebten Zelt, mich wundert nur, wenn einer liebt und sich am Leben hält!«

Die Nachmittagssonne war langsam gesunken. Über die Dächer der Prager Burg und Kleinseite war sie gestrichen, hatte oberhalb der Karlsbrücke die Kampa-Insel und das Wasser der Moldau gestreift und war links unten mit einem letzten goldenen Glitzern, als sie auf den Rahmen traf, aus dem Bild verschwunden.

Lange hatte ich das Ölgemälde angestarrt. Es war mehr als ein Betrachten gewesen, ich war in das Bild eingestiegen wie in einen Kahn und hatte Vaters Kindheit durchquert. Mit der untergehenden Sonne stieg ich aus dem Traum aus und schaute mich um. Mein Koffer stand noch in der offenen Zimmertür.

Das Haus meiner Mutter, in dem sie seit ein paar Jahren wohnte, gefiel mir nicht. Die Möbel und Gegenstände im Haus waren die vertrauten Stücke, mit denen ich aufgewachsen war. Das Muster der alten Teppiche, auf denen ich von klein auf gespielt hatte, die Perser, Kasaks, Mahals und wie sie alle hießen, hätte ich blindlings nachzeichnen können. Aber sie lagen hier in kleinen Zimmern, die böhmischen Kristalllüster hingen von niedrigen Decken und die glänzenden Kommoden, Buffet und Schränke standen eng zusammengerückt. Alles war fehl am Platz, nicht geschaffen für dieses Puppenhaus. Trotzdem hatte sich meine Mutter entschieden, in das Reihenhaus nach Pasing zu ziehen, um nicht mehr die zweiundsiebzig Stufen in dem Schwabinger Altbau aus der Gründerzeit steigen zu müssen. Nicht nur sie war über siebzig, auch die Klienten ihrer Rechtsanwaltskanzlei waren mit ihr gealtert und mühten sich Stufe für Stufe hinauf.

Damals wollte ich den Umzug nicht verstehen. Mein Elternhaus hätte bleiben sollen wie immer. So eine Wohnung gibt man doch nicht auf, die Wohnung enthielt unseren Atem, unser Wachsen, Reden, Schweigen, unsere Liebe. Der Geist von Vater zog noch durch die Räume, so wie früher sein Zigarettenrauch.

Die Zimmerfluchten der an die dreihundert Quadratmeter großen Wohnung waren durch fast drei Meter hohe offenstehende Flügeltüren miteinander verbunden. Ich stand im Herrenzimmer am Fenster und blickte schnurgerade durch die Türen auf den brennenden Weihnachtsbaum im dunklen Esszimmer. Davor hantierten unsere Eltern mit behutsamen, harmonischen Bewegungen. Sie trugen Abendkleid und cremeweißen Smoking. Sie waren ein schönes Paar, wie aus einer vergangenen Zeit.

Der Vater schmückte den Baum und ordnete die Geschenke. Von ferne verfolgte ich die Päckchen, die er rechts außen, an meinen üblichen Geschenkeplatz unter den Baum legte. Da türmte sich schon einiges Große und etliches Kleine. Ich hatte wieder einmal keine Ahnung, was ich geschenkt bekommen würde. Wunschzettel oder gar Listen zu schreiben war bei uns nicht üblich, ich musste darauf vertrauen, dass die Eltern das Jahr über zuhörten, genau hinhörten, wenn die vielen Kinderwünsche aus Olga und mir sprudelten. Wie konnten unsere Eltern wissen, dass der Zauberkasten, im Juli erwünscht, jetzt gar nicht mehr begehrt war. Dafür die schicke Pudelmütze! In ein paar Stunden würde ich meine Geschenke in Händen halten.

Unsere Mutter schmückte den langen Esstisch, legte Zweige, Kugeln, Sterne aus buntem Gablonzer Glas zwischen die goldenen Gedecke und zündete die Kerzen der silbernen Kandelaber an. Alles im Elternhaus war reich und prächtig. Aber sie waren doch Flüchtlinge, dachte ich. Nein, sagten sie, sie seien aus einer großbürgerlichen Familie und hätten immer schon von goldenen Tellerchen und mit silbernen Löffelchen gegessen.

An Weihnachten wurde unser Herkunftsland wieder beschworen, wir feierten traditionell böhmisch. Dann war unsere Mutter die slawisch weiche Milena. Böhmische und mährische Volksweisen und Weihnachtslieder erklangen von Schallplatten, die uns allen eine Gänsehaut über den Körper jagten, diese Mischung aus Freud und Weh. Olga zog dann auf ihrem Akkordeon die Melodie von »Kde domov můj« heraus und wir alle sangen die tschechische Hymne mit: »Wo ist meine Heimat, wo ist mein Zuhaus, dort wo das Wasser rauscht, an Wiesen vorbei, an Felsen donnert ... böhmische Erde, meine Heimat, böhmische Erde, mein Zuhaus« und brachen danach kollektiv in Tränen aus.

Es schloss sich das traditionelle Fischessen an: eine kalte Vorspeise aus Fischrogen, Fischsuppe, Karpfen auf dreierlei Art zubereitet und zum Abschluss Apfelstrudel mit türkischem Kaffee. An Weihnachten servierte meine Mutter selbst das von unserer böhmischen Köchin zubereitete Mahl. Und während die Eltern noch ihren Kaffee tranken und sich die geliebten, mir so verhassten, Zigaretten anzündeten, durften Olga und ich uns den Geschenken nähern. Von uns Kindern nahmen die Eltern keine Geschenke an, sie betonten immer wieder mit nassen Augen, es sei das größte Geschenk, uns wiederzuhaben, aber sie bestanden darauf, dass wir Schwestern uns gegenseitig mit einer Kleinigkeit beschenkten. So übergab ich Olga mein kümmerliches Weihnachtsgeschenk, eine bemalte Spitztüte, in die ich unten ein Loch geschnitten und oben mit Watte gefüllt hatte. Ein Wattespender! Und nahm von ihr ein ebenso unbrauchbares Taschentuchtäschchen entgegen. An diesem Weihnachtsabend hatte ich ein neues Fahrrad und eine Schaukel bekommen.

Dein Ort zum Bücherlesen wird die Schaukel. Du hast die Arme um die Seile geschlungen und vertiefst deine Nase im Buch, dein rechter Fuß tippt leicht die Schaukelbewegung dazu, bis du immer höher schaukelst, das Buch fliegt zu Boden, und du fliegst und fliegst himmelhoch und erreichst dennoch nicht mit den Fußspitzen die Decke. Bei den schnellen Abstürzen, vorwärts, rückwärts, hebt es dir kitzelnd den Magen hoch. Es folgt ein Wettrennen mit Olga, Start im Kinderzimmer, Anschlagen nach dreissig Metern an der Küchentür. Du willst die Erste sein! Auf dem langen Gang fährst du auch Fahrrad, wenn die Eltern nicht zu Hause sind. »Jeschisch Maria«, schreit die böhmische Köchin und rollt die Teppiche zur Seite, und du kannst sicher sein, dass sie dich nicht verraten wird. Alles ist groß und weit und schön in dieser Wohnung, nicht nur weil du ein Kind bist, auch später als Erwachsene fällt dir die großzügige, luftige Weite in deinem Elternhaus auf.

IV

Das Pasinger Reihenpuppenhaus beengte mich und rückte mir zu Leibe. Weder die Menschen, noch die Dinge und die Möbel hatten Platz und Raum. Ich fragte mich, was aus den Möbeln und den Kleidern würde, wenn meine Mutter nicht mehr lebte.

Es gibt ein kleines Volk in Asien, das nur zu Lebzeiten Besitz kennt. Beim Tod fällt das Grundstück an den König zurück und das Haus der Verstorbenen wird mit allen Gebrauchsgegenständen, Möbeln und Kleidern verbrannt. Jenes Volk sagt, Materie sei Geist, der sich als Materie zeige und die Lebenden müssten im lebendigen Geist der Ahnen verweilen und nicht in materiellem Besitz. Was für eine Befreiung aus Anhaftung und Gier! Erbschaftsangelegenheiten wären im Keim erstickt und der Tanz ums Goldene Kalb entfiele.

Ich fing an durchs Haus zu wandern. Eine gute Atmosphäre umgab mich. Nirgends im Haus fand ich Mutlosigkeit, nirgends die Düsternis der Krankheit, die meiner Mutter ihre Knochen brach. Eher strömte mir eine heitere Vitalität entgegen. Sogar vom Rollstuhl, der in der Nähe der Tür bereitstand, ging eine Fröhlichkeit aus. Durch den Geist, der im Haus herrschte, erschloss sich mir die starke Lebenskraft meiner Mutter, Dr. jur. Milena Drapák, verheiratete Hauser, die im ersten Dezennium des 20. Jahrhunderts geboren wurde. Eine wahre Slawin, furchtlos und in der Gefahr listig, mit einem bemerkenswerten Durchhaltevermögen ausgestattet und immer in der Lage schnell auf veränderte Situationen zu reagieren.

Sie war weich und musikalisch und wild und feurig zugleich. Zweimal fiel Krieg in ihr Leben ein. Die Toten und Verstümmelten des Ersten Weltkrieges, die Kriegsbegeisterung und die Kriegsfolgen, das alles sah sie in ihrer Jungmädchenzeit. Sie bangte um ihren Vater. Seit er in den Krieg gezogen war, stand auf dem Vertiko eine große, gerahmte Fotografie. Der schöne Vater, auf einem schönen Araber, in Uniform mit Säbel. Aber sehr leicht konnte sich das junge Mädchen vorstellen, wie der schöne Vater und das schöne Pferd nach einem Kanonentreffer aussehen würden. Also zündete sie Lebenslichter an und bannte die Gefahr mit Gebeten.

Und als meine Mutter in voller Liebesblüte stand, raubte der Zweite Weltkrieg ihr beinahe den Mann und die Kinder. Wie schützt man sich zweimal im Leben gegen Krieg, Gewalt und Tod? Doch nicht mit Träumereien, Musik, Literatur und Tanz! Auch die weiche Fröhlichkeit ihrer slawischen Wurzeln schützte meine Mutter nicht vor dem Schicksal, nur eine konsequente Disziplin und ihr Instinkt, im richtigen Moment das Richtige zu tun, behüteten ihr Leben.

Beide Weltkriege drückten vor allem den Frauen ihre verändernden Stempel auf. Nach dem Ersten Krieg fielen die Zöpfe und die Kleider. Kein Stoff verhüllte mehr die Beine der Frauen, der Handkuss und das »Sie« für die eigene Mutter verschwanden, und die jungen Frauen strömten in die Universitäten. Der Zweite Krieg brachte den Frauen ihre Feuertaufe. Allein hielten sie den prasselnden Bomben stand, löschten die Brände, allein zogen sie von Russen und ihrem eigenen Volk gehetzt mit ihren Kindern durch die zerstörten Lande, allein schabten, klopften und räumten sie die Trümmer der Männer fort. Während ihre Männer gegen die angeblichen Feinde an vorderster Front kämpften, standen die Frauen im Überleben des Krieges in der ersten Reihe. Kein Denkmal kündet davon. Die Frauen ehrten sich selbst, indem sie die vorderste Reihe weiter für sich behaupten wollten.

Bald wirst du wissen, welche Feuertaufe für deine Mutter bestimmt ist. Du wirst das Geheimnis deiner Eltern erfahren - noch versperrt im Geheimfach des Sekretärs -, in das du mitverwoben bist, und das dein Vater und deine Mutter dennoch nicht preisgeben. Die schuldlose Schuld, die tragische Verstrickung von Menschen und Umständen, kennst du aus Büchern. Dass dies nicht auf der Bühne, sondern in deiner eigenen Familie passiert, das hast du nicht erwartet.

Noch ist es nicht so weit, noch ist deine Mutter Turmspringerin und Jurastudentin in Prag. Deine Kindheit begleiten die Erzählungen deiner Mutter über das harte Training und die Wettkämpfe einer Kunstspringerin. Eine disziplinierte Körperbeherrschung und das genaue Abschätzen zwischen Bewegung und der Entfernung des Brettes zum Wasser, sind das Geheimnis, sagt deine Mutter. Mit zwölf Jahren versuchst du es selbst, fährst zum Sprungtraining ins Nordbad und kommst weinend mit brennender Haut und von der Härte des Wassers gepeinigten Knochen nach Hause. Du hörst mit dem Springen auf, deine Mutter hat damals weitertrainiert. Zu Beginn kann sie keine ausgeschnittenen, ärmellosen Kleider tragen, ihr Dekolletee ist blaugrün und gelbbraun verfärbt, und in der Straßenbahn fragen mitfühlende Menschen:

»Fräulein, von wem werden Sie geschlagen?«

Vom Wasser. Wasser kann sich anfühlen wie Beton oder sich weich öffnen und den Weg in die Tiefe freigeben. Das Zucken eines Fingers kann sie beim Auerbach in eine Schieflage bringen und jeder blaue Fleck an ihrem Körper erinnert sie an einen Sprungfehler. Deine Mutter hört nicht auf, die hundertprozentige Körperbeherrschung zu trainieren, bis ihr Trainer sie zur Nationalen Meisterschaft anmeldet. Milena Drapák erspringt den zweiten Platz.

Diese Erzählungen klingen wie Märchen und im Grunde glaubst du deiner Mutter nicht. Wie denn auch? Deine Mutter kann keine Fotos, Urkunden, Pokale vorweisen. Alles bei der Flucht aus Prag zurückgeblieben, sagt sie. Und wenn du sie im Schwimmbad aufforderst, den dreifachen, gehockten Salto vom Zehnmeterturm vorzuführen, da lächelt sie und streicht dir über den Kopf.

»Ach Hannile, ich habe doch seit über zwanzig Jahren nicht mehr trainiert.«

Die unglaublichen Geschichten sind dennoch wahr. Bei deiner ersten Pragreise suchst du Franta Pospišil auf. Der alte Trainer wohnt noch im selben Haus, das deine Mutter dir beschrieben hat und er nimmt dich mit ins Schwimmbad. Dir verschlägt es die Sprache und du bekommst eine Gänsehaut, als du das Dreimeterbrett und daneben den Sprungturm aus den Erzählungen deiner Mutter erblickst. Der alte Trainer legt den Arm um dich und meint:

»Du bist wie die junge Milena! Die gleiche zierliche Figur und dieses Lachen!«

Da steht die Vergangenheit deiner Mutter vor dir.

Mit meinem Koffer war ich im ersten Stock angekommen. Neben mir führten die Schienen des Treppenlifts nach oben und jeweils am Treppenaufgang und Treppenende stand ein Rollstuhl. Als die Metastasen auch in ihre Knochen vorgedrungen waren, hatte die Mutter das Haus rollstuhlgerecht umrüsten und den Treppenlift einbauen lassen. Ein Umzug in ein Pflegeheim kam für sie nicht in Frage, es wäre der Verlust ihrer Selbständigkeit und Freiheit gewesen.

Im Gästezimmer, rechts neben der Treppe, stellte ich meinen Koffer ab. Auspacken wollte ich später, jetzt zog es mich in das gegenüberliegende Zimmer. Es war Mutters Zimmer. Es war ein schönes Sterbezimmer. Durch die breite Fensterfront prangte das quellende Weiß eines blühenden Kirschbaumes. Es schien mir, als sei in diesem Jahr der Frühling früher und mächtiger in den alten Baum eingekehrt. Ich sah weder das Braun der Zweige, noch konnte ich den blauen Himmel durch das Geäst blitzen sehen. Vor dem Fenster stand der Baum wie in einen Brautschleier gehüllt und die Sonne lachte verliebt.

Wehmütig blickte ich mich im Zimmer um. Hier stand der alte Sekretär mit dem Geheimfach, von dem ich nicht wusste, wie es sich öffnen lässt, denn bis zum heutigen Tag musste ich immer das Zimmer verlassen, wenn meine Mutter an das Geheimfach gehen wollte. Ob Olga den Öffnungsmechanismus kannte? Was würden wir in dem Geheimfach finden?

Vom Kopfende des Bettes aus sah man in die Weite des Himmels, der links von dem blühenden Kirschbaum verdrängt wurde. Auch wenn sich meine Mutter nicht mehr am Anblick des Baumes und des Himmels erfreuen könnte, so würde doch der Himmel da sein und auf sie warten.

Ich bezog das Bett neu. Über den runden Tisch, der neben dem Bett stand, breitete ich eine alte böhmische Spitzendecke aus. Darauf ordnete ich nebeneinander ein Wasserglas, einen silbernen Löffel und ein Fieberthermometer. Gerade als ich überlegte, was ich noch für die Krankenpflege benötigen würde, schrillte das Telefon.

»Goetz!« dachte ich.

Aber Frau Basler war am Apparat, Frau Basler mit ihrer süßlichen Kinderstimme, die so gar nicht zu ihrem Alter und ihrem harten Wesen passte. Sie fragte mich nach Mutters Krankheit aus und ich ertappte mich dabei, wie ich geschwätzig Auskunft gab. Ich hegte den Verdacht, dass sie nicht wirklich an Mutters Leiden interessiert war, denn es lag etwas Lauerndes in ihren Fragen, eine Mischung aus Neugierde und Schadenfreude, diese spezielle menschliche Mischung für das Unglück eines Anderen.

»Und wann stirbt sie?«, plapperte die süße Kinderstimme in mein Ohr. Augenblicklich wurde mir übel.

War meine Mutter eine Essware, auf der das Verfallsdatum stand? Entsetzt ließ ich den Hörer auf die Gabel fallen, rannte ins Bad und übergab mich. Danach saß ich mit tränendem Gesicht und angezogenen Beinen in einem weichen Sessel im Wohnzimmer und rührte mich nicht.

Es war ein langer Tag gewesen, der gestern Abend mit Karls Anruf begonnen hatte, ein Tag, auf den man reagieren oder vor dem man sich verstecken konnte. Ich dachte daran den Koffer auszupacken, Essen zu machen, Goetz und Olga anzurufen, aber ich rührte mich nicht. Meine Augen wanderten zum Sessel meiner Mutter mit dem Fußbänkchen. Ein verlassener Platz. Die Mutter lebte noch, morgen würde ich sie wiedersehen, und doch beherrschte mich schon ein Gefühl der Verlassenheit, das ich kaum ertrug.

Endlich fand ich die Kraft, mich zu bewegen, ich holte das Telefon zwischen meine Beine und wählte Olgas Nummer. Ich wusste, was mich erwartete. Olga hatte mich immer gemaßregelt, mit dieser Stimme der Älteren, der Erstgeborenen, die immer alles besser wissen. Und kaum hatte ich ihr jetzt gesagt, dass ich unsere Mutter aus dem Krankenhaus nehmen und zu Hause pflegen wollte, fing Olga an mich zu warnen und sie dozierte, dass ein sterbender Mensch ins Krankenhaus gehöre, dass er geschultes Pflegepersonal und eine Nachtwache benötige, dass ich mich überschätze und dass sie und Karl beruflich zu überlastet seien, um mir beistehen zu können und und und …

Du spürst deine Gereiztheit wachsen, ein Stechen im Ohr bei jedem Wort. Du könntest auch lachen, Olgas Zwanghaftigkeit entzerren, aber es gelingt dir nicht. Zwischen euch herrscht dunkles Missverstehen.

Einmal als Kind bist du beim Nachtmahl über deinem Teller erstarrt. Mutter fragt dich besorgt, was du hättest.

»Ich habe den Geruch vom Waisenhaus wieder in der Nase. Alles hat danach gerochen, das Essen, die Betten, die Kleider, kalt und lieblos hat alles gerochen!«

»Einen lieblosen Geruch gibt es doch gar nicht!«

Olgas prahlende Zurechtweisung trifft dich wie ein Peitschenhieb. Du schnellst vom Stuhl hoch und stürzt laut aufheulend aus dem Zimmer. Zwei Türen schlägst du ins Schloss. Du hörst Olga noch triumphierend rufen:

»Die Hannah ist immer so dramatisch!«

Die Eltern halten dich im Arm, streicheln dich, beruhigen dich. Aber nie wollen sie sich deine Schilderungen aus dem Waisenhaus anhören. Sie fallen dir ins Wort.

»Ja, es war eine furchtbare Zeit, für uns alle. Sie ist vorbei, lass es gut sein, denk nicht mehr daran.«

Deine Mutter streicht über dein Haar, mit einer wilden Kopfbewegung schüttelst du ihre Hand ab. Sie versteht einfach nicht, dass deine Erinnerungen an das Waisenhaus heiß sind, dich innerlich verbrennen, dich verwüsten und nie abzustellen sind, bis auf den heutigen Tag nicht. Unweigerlich hast du deine Frage nach der Ursache hinausgeschleudert.

»Warum habt ihr eure Kinder verlassen? Wie habt ihr es übers Herz gebracht! Wir waren doch erst zwei und vier Jahre alt und ihr habt uns allein in den Revolutionswirren bei den Russen zurückgelassen!«

Dein Vater drückt dich fest an sich und flüstert dir ins Ohr.

»Hannile, das verstehst du noch nicht. Nur so konnten wir unser aller Leben retten. Glaub uns, die Zeit ohne euch war furchtbar, aber wir haben alle überlebt und sind wieder zusammen. Lass es gut sein.«

Aber du wühlst weiter in deinen archivierten Bildern.

Das Waisenhaus trägst du immer mit dir. Und jetzt ist deine letzte Chance, von deiner Mutter eine Antwort auf die einzige Frage, die dich je interessiert hat, zu bekommen.

»Warum hast du mich verlassen?«

Sie muss dir eine Antwort geben, bevor sie stirbt.

Erst im Bett dachte ich wieder an Olga, dass wir ein gemeinsames Schicksal hatten und jede es anders erlebte. Olga schien nach außen hin kein Interesse an dem Warum unseres Schicksals zu haben. Sie kaute und würgte nicht an der Erinnerung an unsere Waisenhauszeit. Gab es deshalb diese Gefühle nicht für sie?

In mein Einschlafen hinein mischte sich der Wunsch, Goetz anzurufen, doch schon fiel ich in einen tiefen, erinnerungslosen Schlaf. Gegen Morgen träumte ich: Ich rase mit einem leeren Rollstuhl durch die Straßen Münchens. Der Rollstuhl saust von allein, bewegt sich in schneller Fahrt vorwärts, ich klammere mich an ihn, werde mitgerissen und kann nicht loslassen, ich renne, renne.

V

Am nächsten Morgen sah ich wieder das blendende Weiß des Kirschbaumes vor den Fenstern quellen, dahinter lag der Himmel in einem wolkenlosen, vergehenden Blau.

Um acht Uhr kam Frau Schatz, Mutters langjährige Zugehfrau. Ich hörte sie in der Küche hantieren. Leise Radiotöne drangen zu mir in den ersten Stock, und nach einiger Zeit auch der Duft von Bohnenkaffee. Ich schlug die Decke zurück, schlüpfte in Mutters weißen Morgenmantel und lief, laut rufend, die Treppe hinunter.

»Frau Schatz! Ich bin gestern angekommen!«

Sie trat mir aus der Küche entgegen, eine stattliche Frau

aus Norddeutschland, die weder in ihrer Jugend jung, noch im Alter alt aussah, deren aschblondes Haar sich nicht grau verfärbte und deren Vitalität unverwüstlich beständig glomm. Ich mochte sie, und auch Frau Schatz freute sich, mich zu sehen. Zusammen tranken wir Kaffee und ich erzählte ihr von meinem Plan, meine Mutter heute noch nach Hause zu holen. Ich brachte es nicht fertig, die Wahrheit zu sagen, dass meine Mutter zum Sterben nach Hause käme und dass wir sie nicht, wie Frau Schatz meinte, gemeinsam gesund pflegen würden.

Gegen Mittag machte ich mich auf den Weg ins Krankenhaus. Auf der langen Fahrt mit S- und U-Bahn stellte ich mir vor, wie ich die Mutter antreffen würde. Wieder mit dem knochig fahlen Gesicht, den schwarzen, unruhigen Augen? Oder mit ihrem wirklichen Gesicht, wie ich es unverändert in mir trug?

Sie könnte auch tot sein.

Ich fuhr und schaute dabei den Menschen im Abteil in ihre Gesichter. Einige waren lebendig und schön, wie das Gesicht der jungen Mutter mir gegenüber. Ein Madonnengesicht. Ihr Kind trug sie an die linke Hüfte gebunden, sie beugte sich dem Kinderköpfchen zu, tuschelte, zirpte und schnalzte. Beide leuchteten in der Abgeschiedenheit ihrer Liebe. An eine Stange gelehnt stand ein junger, dürrer Mann, schwarz gekleidet, ebenholzschwarz und gelglänzend sein halblanges Haar, die Haut milchweiß, ein Schneewittchentyp. Am Rücken hing ein schwarzer Ledersack, in den Händen hielt er ein Taschenbuch, er las und schaute nicht auf. Ich fixierte ihn, wollte in seine Augen blicken. Erst als er ausstieg, streiften sie mich kurz. Kalte, leblose Fischaugen, die nichts preisgaben. Ansonsten überwogen im Waggon die alten, müden Gesichter von Menschen, die körperlich zu schwer gearbeitet haben, und von Menschen, die der Zeit und des Schmerzes überdrüssig waren. Viele blickten mit eingerasteten Augen auf ein und denselben Luftpunkt. Eine alte Frau wischte sich alle zehn Sekunden mit dem Handrücken übers rechte Lid, aber der Nebelschleier vor ihrem Auge verschwand nicht.

Zögernd öffnete ich die Tür zum Krankenzimmer. Sie lebte!

Der Zustand meiner Mutter hatte sich über Nacht gebessert. Ihre Augen schienen heller, klarer, die Stimme nicht mehr so brüchig, als sie mich freudig begrüßte.

»Hanni, mein Hannile!« Auf ihrem Gesicht lag eine leichte Röte. Die Stationsärztin sagte gleich, dass die Besserung, die durch zwei Bluttransfusionen eingetreten war, nicht lange anhalten würde. Während eine Krankenschwester meiner Mutter beim Anziehen half, nahm mich die Ärztin am Arm und zog mich vor die Tür.

»Ab morgen oder übermorgen«, sagte sie leise, »werden wieder die furchtbaren Schmerzen einsetzen und ihr Hausarzt wird die Morphiumdosen fast täglich erhöhen müssen. Danach wird die Phase der Bewusstlosigkeit kommen und dann ist die Erlösung nicht mehr weit. An Krebs zu sterben, ist die Hölle!«

Das sagte sie mir jetzt. Noch nie hatte ich einen Menschen sterben sehen, mein Vater war plötzlich, allein und aus eigenem Willen gestorben. Nun sollte ich beim ersten Mal gleich die Hölle erleben? Die Ärztin lächelte mir zu.

»Nur Mut«, sagte sie aufmunternd, »Sie werden mit Ihrer Aufgabe wachsen.«

Ich nickte, obwohl mir nicht danach zu Mute war und dachte, dass die Ärztin leicht redete, da es ja nicht ihre Mutter war, die im Sterben lag.

Wir verließen das Krankenhaus. Auf einer fahrbaren Liege wurde meine Mutter durch die endlosen, türkis getünchten Bunkergänge gerollt. Ein Sanitätswagen brachte uns nach Hause.

Zu Hause war dann alles anders. Die Schritte, die ich mir während der Fahrt überlegt hatte und die mir Sicherheit geben sollten, brachen zusammen, als die Mutter eigene Wünsche äußerte. Sie wollte nicht in ihr Zimmer hinauf, nicht ins Bett gebracht werden. Noch einmal wollte sie an der offenen Terrassentür sitzen. Allein.

Dort saß sie dann Stunde um Stunde in ihrem Rollstuhl. Ab und zu schaute ich nach ihr, trat aber nicht näher, da sie ihren Kopf schüttelte.

»Sie will allein sein«, dachte ich.

Was ging in ihr vor? Ihr Kopf lag leicht im Nacken, ihre Augen hatte sie auf den blühenden Kirschbaum gerichtet, den sie unverwandt anschaute. Sie ließ ihre Krankheit, ihr ganzes Leben in den Baum fallen. Was vertraute sie den Blüten an? Legte sie Gedanken um Gedanken in jeden Blütenkelch, der die Wahrheit zart umschloss und ewig für sich behielt?

In der Küche bereitete ich ein wenig Hühnerbrühe und Yoghurt vor und setzte mich mit dem Tablett vor den Rollstuhl.

»Du musst etwas essen«, sagte ich und riss sie aus ihrer Versenkung. Sie machte keinen Versuch, selbst zu essen. Unendlich leicht, fast schwebend saß sie da, die Hände ruhig im Schoß ineinandergelegt und schaute mich an.

»Ich kann nichts essen, ich kann nicht mehr schlucken.«

Ich gab nicht auf, ich wollte sie doch pflegen! Löffelchen für Löffelchen schob ich ihr in den Mund.

Spürst du deine Empörung? Oder ist es Ohnmacht, weil du nicht für sie sorgen darfst? Sie will nicht gepflegt werden. Was will sie, will sie gar nichts mehr? Weißt du noch, was dir durch den Kopf schießt, als du für sie das Essen machst, ihr den ersten Löffel in den Mund schiebst? Ein Vorwurf. In deiner Familie ist es kein Geheimnis, dass die Mutter keine Glucke ist. In der Erinnerung siehst du immer nur Josef, der dich füttert, badet, zu Bett bringt. Du erinnerst dich auch an das Kindermädchen, an eure böhmische Köchin, die beide um dich sind. Wo ist deine Mutter? Sie macht kein Hehl daraus, dass sie anders ist, schön, gescheit, erfolgreich. Willst du ihr jetzt vorführen, was sie bei dir vernachlässigt hat?

Die Mutter wollte meine Pflege nicht, sie wollte etwas anderes.

»Hannile, mir fällt es so schwer zu gehen, wohin auch. Ich kenne und liebe nur diese Welt, gibt es denn eine andere? Du und Vati, ihr seid anders, ihr seid mit einem Glauben in der Brust geboren. Ich aber kann es fast nicht ertragen, zu wissen, dass ich dich und Olga, alle Menschen und Dinge um mich herum bald nicht mehr haben werde. Ich werde verrückt bei diesem Gedanken! Sag mir, was mir hilft.«

»Mir würde weinen und beten helfen«, erwiderte ich.

»Ich habe und hatte nie Tränen, und ob beten hilft? An wen soll ich mich wenden?«

»Bete zum böhmischen Schutzpatron. Erzähl dem Nepomuk von deiner Angst.«

Wir schwiegen und schauten in den blühenden Kirschbaum.

Mit einem tiefen Atemzug kehrte die Mutter wieder in diese Welt zurück. Sie verlangte nach dem Telefon, sie wollte sich von allen Freunden, Kollegen und Klienten verabschieden. Die Mutter wünschte keine Krankenbesuche, keine Peinlichkeit aus Worten und Blicken über ihr

Aussehen und ihren körperlichen Verfall. Der Arzt, Olga, Frau Schatz und ich sollten die Einzigen sein, die sie so krank sehen durften.

»Du mit deinem kühlen Juristendenken«, hatte ich der Mutter früher oft vorgeworfen. Und dann noch etwas, wofür ich keine Beweise und Gründe hatte, nur ein Ahnen.

»Du warst es, die uns im Stich gelassen hat. Vati hätte uns niemals allein zurückgelassen!«

»Du weißt ja gar nicht, was du da sagst, Hanni. Du hast das Kriegsende in Prag nicht miterlebt, den Hass der Tschechen auf die Deutschen, das Chaos, das Abrechnen.«

»Was sollten sie mit uns abrechnen?«

»Josette wurde gesteinigt!«

»Aber sicher doch aus Versehen. Was macht das für einen Sinn, eine Pragerdeutsche, die mit einem Juden verheiratet war, der in Auschwitz ums Leben kam, umzubringen? Du warst Tschechin, wir sprachen nur Tschechisch und Vati hatte mit den Tschechen gegen die deutschen Besatzer kollaboriert!«

»Ach, das verstehst du nicht.«

»Dann erklär es mir.«

»Ich will aber nicht darüber sprechen.«

Immer wieder lief es früher auf solche Diskussionen hinaus. Ich konnte einfach nicht verstehen, wie eine Mutter ihre Kleinkinder verlässt, um das Leben dieser Kinder zu retten.

»Wir wären alle tot, wenn wir nicht so gehandelt hätten«, sagte meine Mutter.

»Lieber tot, als lebend im Waisenhaus!«

Mit diesem Satz hatte ich zeitlebens meine Mutter gequält.

Gegen Abend kam Dr. Wächter vorbei. Er war anders als die vielbeschäftigten, sich professionell distanziert gebenden Großstadtärzte. Er brachte Zeit, Ruhe, den Rauch seiner Pfeife und ein bärtiges Lächeln mit. Zwischen ihm und meiner Mutter beobachtete ich ein Wertschätzen, das auch in den kommenden drei Wochen, in denen die Mutter nach und nach physisch verlöschte, von Dr. Wächter aufrecht erhalten wurde. Gleich zu Beginn bedankte er sich, dass wir ihm die Möglichkeit gaben, seine Patientin bis zuletzt ärztlich zu begleiten.

»Wissen Sie«, sagte er zu mir, »heutzutage wollen die Menschen nicht mehr in ihrem eigenen Bett sterben.«

»Oder die Ärzte, oder die Angehörigen wollen das nicht«, fügte ich hinzu.

Ich hatte Tee gemacht, einen starken, tiefbraunen Earl Grey, den wir mit Milch tranken. Die Mutter saß immer noch in ihrem Rollstuhl an der Terrassentür, hörte unserem Gespräch zu, beteiligte sich aber nicht.

»Hannah«, sagte der Arzt zu mir, »ich vertraue Ihnen die Morphiumtabletten an. Sie sehen als Erste, wenn die Schmerzen für Ihre Mutter nicht mehr zu ertragen sind. Das Gesundheitsamt verlangt von mir, über jede verabreichte Tablette Buch zu führen. Also bitte, legen Sie eine Liste an mit Datum und der genauen Uhrzeit.«

Dr. Wächter versprach jeden Tag, auch am Wochenende, morgens und abends vorbeizukommen und auch in der Nacht für die Mutter und für mich dazusein, wenn ich ihn riefe. Er hielt sein Versprechen.

Mit ihm und Frau Schatz an meiner Seite begann ich mich sicherer zu fühlen und war nun überzeugt, dass ich die Pflege der Mutter bis zu ihrer allerletzten Stunde schaffen würde. Olga gesellte sich täglich dazu. Nachmittags, pünktlich um fünf Uhr betrat sie das Haus, eilte, ohne mit mir oder Frau Schatz zu sprechen, die Treppen hinauf und setzte sich in den bequemen Sessel, müde und abgehetzt von ihrer Arbeit. Jeden Tag las sie am Bett der Mutter die Tageszeitung. Es war still im Zimmer und keiner störte. Olga läutete nie, wenn sie kam. Sie besaß einen Hausschlüssel und stand immer plötzlich vor mir. Eine Spannung lag zwischen uns und mehr als ein trockenes »Servus« brachten wir nicht über die Lippen. Wir sahen uns dabei nicht an.

Im Waisenhaus war es nicht anders gewesen. Nachdem wir in dem grauen Gebäude angekommen waren und sich die Türen hinter uns geschlossen hatten, rannte meine Schwester von mir weg, als kenne sie mich gar nicht. Sie war noch keine vier Jahre und spürte die Kraft des Lebens in sich, die sie nicht verlieren durfte. Auch ohne Vater und Mutter wollte sie nichts als leben. Ich glaube, sie löschte alle Erinnerungen an die schönen Zeiten. Sie ging nun durch die fremden, dunklen, zerschrammten Gänge, als sei das ihr Zuhause. Sie legte sich ohne mit der Wimper zu zucken unter die klammen, kratzenden Bettdecken und ignorierte das Schluchzen, Rotzen, Zähneklappern der anderen Kinder im Schlafsaal. Ich brachte das nicht fertig. Ich war zwei Jahre alt und sehnte mich nach meinen Eltern, nach meinem Bett und meinem Zuhause. Meinen Schmerz über den Verlust konnte ich nur hinausbrüllen.

Olga sah und hörte meinen Schmerz und lief vor mir davon, hin zu den anderen Kindern, zu Spiel und Toben. Sie konnte sich nur selbst retten. Ich versuchte, hinter ihr herzurennen, über die steinernen, viel zu hohen Treppen, über die Kieswege des Hofes, am Schuppen vorbei. Olga schlug ein paar Haken und war verschwunden. Manchmal gelang es mir, den Rock meiner großen Schwester zu greifen und ich krallte mich fest. Sie rannte schneller und riss sich los, unweigerlich stolperte ich und fiel hin. Olga war frei. Sie lief mit den wildesten Kindern um die Wette, drehte sich mit fliegenden roten Haaren um sich selbst, hüpfte und schnatterte, als ob sich in ihrem Kinderleben nichts verändert hätte. Und trotzdem, auch sie war ein durch den Krieg verlorenes, verletztes Kind.

Immer noch will ich ihre Aufmerksamkeit, aber Olga geht ihren Weg allein, ohne auf mich zu schauen, ohne sich mit mir zu verbünden. Komme ich ihr zu nahe, schüttelt sie mich ab, wie damals im Waisenhaus und später in den Internaten in Lausanne und London.

In den angrenzenden Gärten war es still geworden. Die Sonne hatte ihren vorgegebenen Tageskreis beschrieben, legte sich rot und warm auf die Häuserdächer, ließ sie wie feurige Rubine strahlen und verschwand. Und mit ihr verschwanden die Menschen in ihren Behausungen. Es wurde kühl. Ich schloss die Terrassentür und griff mit einer schwungvollen Drehung nach dem Rollstuhl.

»Ich bringe dich jetzt nach oben.«

»Nein, das tust du nicht«, erwiderte meine Mutter, »ich bleibe hier sitzen. Gib mir noch mal das Telefon«, sagte sie, »ich will mich noch von Goetz verabschieden.«

Ich verließ das Wohnzimmer und kam erst wieder zurück, als die Mutter mich rief und mir den Telefonhörer überreichte. Nun hatte ich Goetz am Ohr. Wir waren beide sehr befangen. Die fünfzehn Ehejahre, die wir fast ausschließlich Tag und Nacht miteinander verbracht hatten, nutzten uns nichts. Irgendwie schämten wir uns jetzt im Angesicht des Todes voreinander.

»Wie geht's, wie geht's Buck, kommt ihr zurecht, ach deine Mutter ist gekommen und versorgt euch, nein ich vergesse nicht das Buch für dich zu übersetzen, an was arbeitest du gerade, ruf mich an ...«, mehr Belanglosigkeiten fielen uns nicht ein und wir legten auf. Ich spürte den Blick meiner Mutter im Rücken und drehte mich um. Wir schauten uns an.

»Traurig?« fragte sie mich.

Ich verzog den Mund und wandte mich schulterzuckend ab.

Draußen dämmerte es. Das weiße Blütenlicht des Kirschbaumes verteilte sich matt im Zimmer, legte sich wie fahles Mondlicht auf alles. Ich machte Licht an. Die Mutter wollte die Nacht hier im hell erleuchteten Zimmer, im Rollstuhl sitzend verbringen. Sie hatte Angst vor der Endgültigkeit des Zubettgehens, des Liegens und des Schlafens. Sie hatte Angst vielleicht nicht mehr aufzuwachen. Die ganze Nacht wollte sie sitzen und wachen und versuchen sich von ihrer Lebensgier zu lösen. Bereit zu sein, ins Nichts zu gehen.

VI

Den Beginn des neuen Tages erfassten als erstes meine Ohren. Während mein Bewusstsein noch in den sanften Wellen eines verebbenden Traumes schaukelte, da lauschten sie bereits dem heftigen Morgengezwitscher der Vögel. Ein Durcheinander und Miteinander an hohen Vogelstimmen drang durch das gekippte Fenster ins Zimmer. Auf meinen Lidern lag schon das Sonnenlicht, da erst ließ ich bedauernd den letzten Zipfel meines Traumes los, öffnete meine Augen und stellte mich dem neuen Tag. Vor den Fenstern lag wieder das bayerische Kaiserwetter.

Ich schlüpfte in meinen Morgenmantel und klapperte in offenen Sandalen die Stiege hinunter.

»Guten Morgen, Mutti!«

Sie rührte sich nicht, saß wie erstarrt im Rollstuhl.

»Die höllischen Schmerzen!« schoss es mir durch den Kopf.

Mit nervösen Händen riss ich die Packung mit dem Morphium auf, löste eine Tablette in Wasser auf und flößte meiner Mutter die milchige Flüssigkeit ein. Jedesmal wenn ich sie berührte, weiteten sich ihre schwarzen Augen und ihre Nasenflügel. Die Kranke bestand nur noch aus Schmerzen, die nicht mehr mitteilbar waren.

Wir warteten auf die barmherzige Wirkung des Morphiums, dann erst war es möglich, meine Mutter in ihr Zimmer zu bringen. Frau Schatz half mir, sie vorsichtig zu entkleiden und ins Bett zu legen.

»Nun ist es soweit«, flüsterte die Mutter, »von diesem Bett werde ich mich nicht mehr erheben.«

Frau Schatz protestierte:

»Aber Frau Doktor, das dürfen Sie nicht denken! Wir pflegen Sie wieder gesund.«

Meine Mutter sah sie an. Zweifel, Hoffnung und Dankbarkeit vereinigten sich in ihrem Blick. Sie schloss ihre Augen und fiel in einen langen, dunklen Morphiumschlaf. Abwechselnd saßen Frau Schatz und ich an ihrem Bett und bewachten ihren Schlaf. Wir freuten uns an der weißen Kirschblütenwolke vor dem Fenster.

Die Stunden, die Tage, die Nächte vergingen, die Uhr tickte, der Tod stand bereit.

Ich hatte nichts zu tun, ich ertrank in zu viel Zeit und zu vielen Gedanken. Meine Mutter schlief oder dämmerte morphiumbesänftigt dahin. Äußerlich saß ich ruhig neben ihrem Bett, in meinem Innern brodelte es. Immer war es in meinem Leben so gewesen, plötzlich waren die Eltern verschwunden, plötzlich war ich allein. Warum gingen sie auf Reisen? Reisen bedeutete Wegsein, der Unterschied von Geschäftsreise, Bildungs- oder Vergnügungsreise war mir egal, meine Eltern waren fort, und Olga und ich fanden uns im Internat der Englischen Fräuleins wieder. Und warum musste ich mit neun Jahren in einem feinen Mädchenpensionat am Genfer See leben? Die Eltern nannten es französische Erziehung, so wie ein paar Jahre später die englische Erziehung in London erfolgte. An meiner Seite lebten dort die Kinder von Politikern, Dirigenten, Adeligen und Fabrikbesitzern. Fast alle waren wir feinfühlig und traurig und wollten doch nur bei unseren Eltern sein.

Für dich ist dein Vater nur Vater! Eine Gestalt der Liebe und deines Zuhauses. Du weißt zwar, dass er auch im öffentlichen Leben steht - aber das ist für ein Kind nicht wichtig oder bewundernswert. Die Eltern geben große Gesellschaften. Du machst einen artigen Knicks. Du siehst nur die Gesichter von alten Männern, die Bezeichnungen Minister, Staatssekretär, Stadtschulrat sind für dich ohne Bedeutung. In der Schule wirst du von den Lehrern hofiert, Tochter von! Genau wie die Töchter von Politikern, Nobelpreisträgern oder Künstlern - und ihr fragt euch nie, wieso ihr immer in denselben Schulen, Gymnasien, internationalen Internaten zusammenkommt. Über die unsichtbaren Verbindungen, die dieser Erwachsenenwelt zugrunde liegen, wisst ihr Kinder nichts.

Manchmal hörst du Mutter wie sie lachend zu Vater »Meister vom Stuhl« sagt. Was ist denn das, ein Meister vom Stuhl? Nicht ein Meister auf dem Stuhl, oder Meister eines Stuhles, oder Stuhlmeister, oder Inhaber eines Meisterstuhls - du verlierst dich in Kombinationen. Du verstehst nichts, und niemand erklärt dir etwas. Du siehst deinen Vater jeden Mittwoch Abend alleine ausgehen, deine Mutter sagt, er gehe in die Loge und du siehst ihn allein in einer Theaterloge sitzen. Er ist dafür immer elegant gewandet, oft mit einer burgunderroten Bauchbinde und immer befindet sich eine schwarze Lacktasche in seiner Hand. Dir ist es bei Strafe verboten, diese Dinge anzufassen oder die Tasche zu öffnen. Ebenso ist es dir verboten, das Geheimfach zu öffnen. Warum tust du es nicht, du weißt doch, wo der Schlüssel liegt.

Je länger ich am Bett meiner Mutter saß, desto mehr Erinnerungen tauchten aus der Tiefe meines Gedächtnisses auf. Bruchstückhafte Bilder, Gedankenfetzen, verschwommene Gefühle, das alles vereinte sich zu einem Sog, der mich nicht losließ. Jetzt wollte ich Klarheit erlangen über meine Vorfahren, über das Leben meiner Eltern und über mich. Ungeduldig wartete ich darauf, dass meine Mutter ihre Augen öffnen und mit mir sprechen würde. Sie schlief, die Zeit verrann, in mir brodelte es. Wieder würde meine Mutter verschwinden, diese Trennung aber, die mir jetzt bevorstand, war endgültig. Dieses Mal würde meine Mutter nicht von ihrer Reise zurückkommen.

Die Tage der ersten Woche vergingen leise und gleichförmig. Zweimal täglich schaute Doktor Wächter vorbei, brachte Zeit für eine Tasse Tee, sein bärtiges Lächeln und eine Infusion mit. Da die Mutter keine Nahrung und sehr wenig Flüssigkeit zu sich nahm, sollten die täglichen Infusionen sie vor einer Austrocknung und vor noch mehr Schmerzen bewahren.

Am Ende der ersten Woche aber ließ sich meine Mutter nicht mehr in den todesähnlichen Morphiumschlaf schicken. Sie befahl:

»Gib mir die Hälfte der Dosis, ich werde die Schmerzen aushalten.«

Mit wachen Sinnen wollte sie ihr Ende verfolgen, noch

hatte sie die Kraft dazu. Sie glaubte, dass es auch für sie eine Chance wäre, den Tod zu verstehen.

»Sonst hätte ich mir als Todesart einen Schlaganfall ausgesucht!«

Ihr Wachsein brachte Bewegung in meinen Tag. Aus allen Winkeln und Ablagen ihres Hauses - nur nicht aus dem Geheimfach - wünschte meine Mutter Aktenordner, Papiere und Dokumentenmappen herbei. Ich stapelte alles auf dem Tisch neben ihrem Bett und einzelne Schriftstücke legte ich auf die Bettdecke. Hoch aufgerichtet saß sie da und griff nach einem Blatt Papier, sie überflog es und schon fiel ihr Arm zurück auf die Bettdecke, ihre Augen schlossen sich. Ein paar Mal sah ich sie das Blatt Papier wieder aufnehmen, es lesen und weglegen, dann machte sie mir ein Zeichen, alles wieder fortzuräumen.

»Es ist zu spät«, meinte sie, »ich kann mich nicht mehr konzentrieren, die Dinge müssen bleiben, wie sie sind.«

Ich war enttäuscht. Wieder bewegte sich nichts, ich durfte bei keinem Ordnen, Sichten oder Wegwerfen helfen, meine innere Unruhe nicht durch äußere Aktivität lindern. Ich musste es fertigbringen, ruhig am Bett meiner Mutter zu sitzen, meine Hand auf ihrer Hand.

Wir fielen zurück in die Stille, in eine sanfte Schwere. Und da endlich kam mir der Einfall, gemeinsam Musik zu hören. Ich legte sofort die erste Platte vom Zyklus ›Mein Vaterland‹ von Smetana auf. Schon bei den einleitenden Harfentönen von ›Vyšehrad‹ löste sich etwas im Körper meiner Mutter, ich sah, wie ihre Anspannung dahinschmolz, wie ihr Mund lächelte und ihre Augen sich mit Erinnerungen füllten. Auch ich wurde sofort in den Bann des symphonischen Gemäldes gezogen: böhmische Erde meine Heimat, böhmische Erde mein Zuhaus.

Dort, im geographischen Zentrum Europas erblickte

ich das Licht einer verwirrten, kriegerischen Welt. Wie ein Ritual hatte es zu jedem meiner Geburtstage, die ich zu Hause feierte, gehört, dass die Mutter mir die wundersame Geschichte meiner Geburt erzählt hatte.

»Wir lebten in Prag in der Weinberge, in der Münchnerstraße, die vor der verbrecherischen Machtübernahme Londonerstraße hieß. Nomen est omen, in beiden Städten sind wir dann zu Hause gewesen. Ein zaghafter Frühling begann, es war deine Zeit. Deine Tage in meinem Bauch gingen dem Ende zu und ich bedauerte es, ich war gerne mit dir ›samodruhá‹, zu zweit allein, wie im Tschechischen der alte Ausdruck für schwanger heißt. Du warst ein so rücksichtsvoller Gast in mir. Dein Vater war ungeduldig, konnte kaum deine Ankunft erwarten. Er wünschte sich wieder ein rothaariges Mädchen, so wie unsere Große, die Olga und wie seine geliebte Großmutter. Ich wünschte mir einen schwarzhaarigen Jungen, der meiner Familie ähnlich sein sollte. Frühmorgens schon brachte mir Josef das Frühstück ans Bett, wir waren allein, wir hatten Anča – erinnerst du dich an unser Kindermädchen? – zusammen mit Olga auf unser Landgut geschickt. Und jeden Morgen setzte er sich an mein Bett, neben sich das Grammophon und spielte mir ›Die Moldau‹ vor. Er war davon überzeugt, dass diese Musik, dieses Rauschen, Plätschern, Fließen meinen Blasensprung provozieren und dich herauslocken würde. Dazu versprach er dir die Schönheiten dieser Welt:

»Komm, komm mein Käferchen«, sagte er, »ich zeige dir im Himalaja den höchsten Berg, in New York die höchsten Häuser, wir werden zusammen den ›Messias‹ hören und Hölderlin lesen.«

Er hatte völlig vergessen, in welcher Zeit wir lebten. Und du hörtest die Musik, du erhörtest deinen Vater und kamst. Am späten Nachmittag geschah der Blasensprung, Wehen bekam ich keine, nur ein endloses Ziehen verspürte ich. Wir fuhren in die Privatklinik in unserer Nähe, wo schon Olga geboren wurde. Aber unser Freund, Primarius Meisel, war nicht mehr da, er hatte sich vor einem Jahr verabschiedet und war nach England geflohen. In der Abenddämmerung hast du dich auf die Welt geschlichen, heimlich. Ich hatte keine Wehen, keine Schmerzen, nur an die Musik von Smetana erinnere ich mich, denn dein Vater hatte das Grammophon mit in den Kreißsaal gebracht. Fasziniert hörten alle im Saal dieser eindringlichen Musik der Moldau zu, in der Smetana uns diesen Sog des Wassers von der Quelle zur Mündung hören und fühlen lässt. Ich gab keinen Laut von mir. Du warst wie ein Atemzug, der aus mir entwich und leicht wie eine Feder bist du deinem Vater in die Hände gefallen. Du weißt, er war bei deiner Geburt dabei, obwohl das damals überhaupt nicht üblich war. Vielleicht ist er deshalb ein so guter Vater geworden. So war das damals.«

›Vyšehrad‹ war zu Ende, ich drehte die Platte um und wir hörten ›Die Moldau‹, die Musik meiner Geburt. Wir waren zu zweit allein.

VII

Die zweite Woche, eine Zeit der seligen Träume brach an. Jeden Tag wünschte meine Mutter von neuem den Zyklus ›Mein Vaterland‹ zu hören. Und bei den einleitenden Harfentönen von ›Vyšehrad‹ schloss sie ihre Augen und ein mädchenhaftes Lächeln zeigte sich in ihrem Gesicht. Ich war mir sicher, dass meine Mutter nun wieder in ihrem Vaterland angekommen war, dass sie die sehnsüchtige Schönheit und die fremdartige Wildheit, den Mythos, die Natur und die Geschichte ihres Volkes durchlebte, die Smetana im Zyklus beschrieb.

Vyšehrad, die ›höhere Burg‹ in Prag war die Stammburg des böhmischen Geschlechts und die Heimat der Landespatronin Libuše. Die Königin der Böhmen, die sich in einen Mann aus dem Bauernstand verliebte, sich ihn erwählte und ihm das Königszepter übergab. Sie wurde geleitet von dem Gefühl, der, den ich als Mann wähle, ist mir dadurch gleich geworden und sie ließ nicht zu, dass ihr Mann das unbefriedigte Leben eines Prinzgemahls fristen musste. Přemysl sollte in der Geschichte der europäischen Königshäuser bis heute der Einzige bleiben, der von seiner Frau, der Königin, die Königswürde übertragen bekam.

Ganz im Gegensatz zu der liebenden Libuše kann Šárka, die Amazone, Liebe und Macht nicht vereinen und die Liebe gerät zum Krieg. Wenn die erregte, intensive Musik der Tondichtung ›Šárka‹ das Sterbezimmer füllte, stellte ich die Musik leiser, aber schon beim vierten Teil ›Aus Böhmens Hain und Flur‹ drehte ich die Lautstärke wieder auf. Ein Zauber aus Molltönen der Hornbläser, weh und freudig zugleich, breitete sich im Zimmer aus. Ich spürte sofort, dass dies der slawische Grundton war und dass er auch mein eigener war. Weh und freudig zugleich.

Und wie aus der Musik der ›Moldau‹ die Amazone Šárka entsteigt, so löst sich aus Böhmens harmonischen Hainen und Fluren die tragische Gestalt von Jan Hus und ›Tábor‹, der Zitadelle der Hussiten, die etwas ganz Unmögliches schaffen wollten: eine national-tschechische, religiöse und soziale Reform. Das furchtbare Ende der Hussiten in Feuer und Verfolgung leitet Smetana über zum Finalsatz ›Blaník‹, der alles wiedergutmachen und die göttliche Hilfe bringen soll. Denn der Berg Blaník ist die Wohnstätte der verborgenen Gottesstreiter, die erst dann hervorbrechen und eingreifen werden, wenn die Not des Volkes am größten ist.

Meine Mutter schlief ein und das selige Lächeln hielt sich auf ihrem Gesicht. An den raschen Bewegungen der Augäpfel unter ihren faltigen Lidern erkannte ich, dass sie träumte. Ab und zu lösten sich tschechische Worte aus ihrem Mund. Mit der Musik Smetanas war ihre Muttersprache wiederaufgeflammt, zuerst in den Träumen, dann auch im Wachsein. Bis zu ihrem Tod eine Woche später sollte sie kein einziges deutsches Wort mehr sprechen.

Tschechisch ist für dich die Sprache deiner Tränen. In deinen Träumen vom Waisenhaus schaltet sich immer die tschechische Sprache ein, und jeder Traum endet damit, dass du tränennass, weiche tschechische Laute flüsternd, aufwachst. Oder du erinnerst dich deiner Tränenkaskaden beim Vorlesen des Buches ›Babička‹ von Božena Němcová. Deine Tränen fließen nur bei der tschechischen Version, während bei der deutschen Fassung von ›Großmütterchen‹ dein Auge trocken bleibt. Die tschechische Sprache verbindest du mit Verlust und Sehnsucht. Dasselbe Gefühl stellt sich ein, wenn du bei Dagny zu Hause bist. Du fragst deine Schulfreundin, die in der Schule und mit dir Münchnerisch redet, was das für ein Deutsch sei, das sie mit ihrer Mutter und Großmutter spricht. Sie singen und rollen die Wörter in einem weichen Ostpreußisch. Es ist ein unnachahmlich hoher, reiner Ton, wenn Dagnys Mutter zu dir ihr »Komm« flötet und dich zum Teetisch bittet. Dort ist immer auch für den in Russland verschollenen Mann gedeckt. Doch in dem Singsang der Erzählungen aus der ostpreußischen

Heimat schwingt schon der Verlust und die nicht endende Sehnsucht mit, und mit deinen sieben Jahren weißt du bereits, dass der Mann, das elterliche Gut, die Lerchen, die Felder, der Himmel verloren sind. Nur die Sprache wird übrig bleiben.

Ganz anders bei Dieter, der bei Kriegsende aus dem Ruhrgebiet nach München kommt und im Nachbarhaus wohnt. Er hat, wie alle zugezogenen Kinder, schnell das Münchnerisch zu seiner Sprache gemacht und darf es auch zu Hause sprechen. Niemand verlangt von ihm, das Rheinisch-Deutsche, das Brauchtum und die Erinnerung an die alte Heimat aufrechtzuerhalten. Seine Eltern erzählen nicht von früher und haben keine feuchten Augen. Sie sind lustig. Einmal im Jahr fahren sie zu irgendeinem Familienfest zu Besuch ins Rheinland und Dieter darf darüber lästern.

Dir fällt auf, dass Dieters Mutter in den Geschäften freundlich angelacht wird, wenn sie sich am bayerischen »ja mei« versucht. Hinter deiner Mutter und Dagnys Mutter wird getuschelt, sobald die Ladentür zu ist, »Flichtling! Aus'm Osten!« Deine Mutter benützt zwar wie im Bairischen den männlichen Artikel für »die Butter«, aber ihr Akzent ist öffentlichkeitserregend slawisch. »Därrr Buuuterrr«, posaunt sie und du flüsterst: »Mutti das heißt ›da Buta‹!« Und nur der Stellung ihres Mannes und ihren eigenen Doktortiteln ist es zu verdanken, dass die Bayern deiner Mutter nicht höhnisch ins Gesicht lachen.

Zu Hause und in den Familien deiner Schulfreundinnen wird viel vom Krieg, von Flucht und Vertreibung geredet. Du kicherst zwar, wenn Hildegard, ohne sich zu schämen, sagt, dass »da Vata wieda gschrian hod in da Nacht« und dass das zur Folge hätte, dass sie wieder diese »greislichn« Schilderungen aus Stalingrad mitanhören müsse. Du hörst eigentlich gern die spannende Geschichte von der Flucht der Eltern. Biblisch empfindest du dieses Pochen an Tür und Tor, das Davongejagtwerden, das »Ziagts weida elends Pack« wie einen Knüppel hinterhergeworfen zu bekommen. So finden auch deine Eltern bei den Ärmsten Zuflucht, bei einer Häuslerfamilie mit zehn Kindern in der Nähe des Ortes Spiegelau.

Flüchtling, das ist in Bayern und sicher auch anderswo der minderwertigste soziale Stand. Es spielt keine Rolle, was der einzelne Mensch vor seiner Flucht war, Arzt, Kaufmann, Fabrikbesitzer, Akademiker oder Arbeiter, jetzt gehören sie alle in die Kaste der Flüchtlinge, den Unberührbaren gleich. Die stolzen Bayern, die Kinder der Patrona Bavariae, spucken den Ankommenden trocken und verächtlich ihr »Gschmeiß! Flichtling! Zigeiner! Ziagts weida!« vor die Füße. Und die Vertriebenen ziehen weiter, dankbar, dass sie noch ihr Leben und ihre Kinder besitzen. Endlich finden sie einen Platz, kommen zur Ruhe, setzen sich und beginnen zu erzählen. Die Gebiete, die Orte, die Leute, über die so furchtbar spannende Dinge erzählt werden, wiederholen sich. Immer tauchen in den Geschichten, die du hörst, Schlesien, Pommern, Ostpreußen, das Sudetenland auf und immer, wenn von den Russen die Rede ist, erweitern sich die Pupillen der Erzählenden.

Ganz spannend ist, was bei den Weselskys litaneienhaft heruntererzählt wird. Du stellst dir vor, dass sie jeden Abend so um den Tisch sitzen, Vater, Mutter, Ahne und Kind, unter einer hellen Lampe, und immer wieder dasselbe von sich geben, als gäbe es kein anderes Ereignis in ihrem Leben. Wie im Kino erlebst du hautnah mit, wie der Treck mit den Weselskys von reitenden Kosaken umzingelt, mit Maschinengewehrgarben beschossen wird, gezielt und in die Luft, lachend die einen, schreiend die anderen, die Pferde brechen mit dem Fuhrwerk aus, durch Gestrüpp, Gehölz, hinaus ins Moor, dort endet die Fahrt, die Beine der Pferde versinken, panische Befreiungsversuche, die sie immer tiefer ins Moorgrab bringen, der Wagen kippt, auf dem Wagen Säcke mit Verpflegung, die Alten und die Kleinkinder, ein langsames Versinken, bis einige Männer aus dem Treck Bäume gefällt, Gehbahnen gelegt haben und die Kinder aus der tödlichen Umklammerung ziehen, Sieglinde Weselsky sitzt schon bis zum Hals fest, die großen angstgefüllten Augen hat sie heute noch.

Es läutete. Als ich die Tür öffnete, stand ich einem Mann mit froschgrüner Schürze und mindestens fünf Blumensträußen in den Händen gegenüber.

»Blumen für Frau Dr. Hauser«, sagte er fröhlich, »und herzlichen Glückwunsch zum Geburtstag!«

Er schüttelte mir die Hand. Ich schloss die Haustür ohne den Irrtum aufzuklären und trug die Blumen mit den anhängenden Kuverts in Mutters Zimmer. In den kommenden Tagen kamen noch mehr Blumen und Briefe an. Es waren keine Genesungswünsche, es waren Danksagungen. Ich las die Abschiedsbriefe der Menschen, von denen sich meine Mutter telefonisch verabschiedet hatte, der im Sterben liegenden vor, und sie erfuhr selbst, was sonst erst nach dem Tod den Angehörigen gesagt und geschrieben wird. Durch die Briefe hörte sie vom Sinn ihres Lebens, vom Geben und Nehmen und all den Gesetzen des menschlichen Zusammenlebens. Ich las ihr über die tiefe Anhänglichkeit und den Dank, sie gekannt zu haben, vor. Doch beim Lesen all der Elogen nistete sich mir zwischen den Zeilen etwas ganz anderes ein:

»Wisst ihr, dass sie ihre kleinen Kinder im Stich gelassen hat? Was sagt ihr dazu?«

Und laut fuhr ich fort:

»... Danke, Frau Doktor, ohne Ihre Hilfe hätte ich heute keine Rente ... Danke, Frau Doktor, Sie haben mir Gerechtigkeit und Lebensmut zurückgegeben ...«

Zwischen den Zeilen aber tanzte weiter die andere Wahrheit, die Wahrheit meines Lebens und ich hörte zu lesen auf.

Ich schaute hoch, schaute in den blütenvollen Kirschbaum und dachte traurig:

»Baum, hörst du auch meine Geschichte, wirst du auch meine Trauer in dir aufnehmen?«

Meine Mutter beobachtete mich ernst und da schossen mir die Tränen in die Augen, ich sprang auf und verließ das Haus.

Draußen war es hell und sonnig. Seit zwei Wochen lag ein frühlingszarter, blauer Himmel über der Stadt, holte sich Tag für Tag seine Strahlkraft aus einem Hoch im Osten und dachte gar nicht daran, mir meinen Wunsch nach Wolken, Regen, nach Bewegung am Himmel zu erfüllen. Ich ging die stille Vorortstraße, an Vorortzäunen entlang, schaute in Vorgärten, die alle gleich aussahen, ein kleiner Rasenfleck, eine Rabatte Tulpen, eine Grenzhecke, ein Flieder- oder Forsythienbusch. Alles verströmte die gleiche Vorortsubstanz. Ein Wagen rollte heran, hielt und ich erkannte das bärtige Lächeln von Dr. Wächter hinter der Scheibe. Er war auf dem Weg zu uns und ich stieg zu ihm. Auf dem Rücksitz saß sein fünfjähriger Sohn und zirpte »Halloo!« Ich drehte mich um und spielte unser Spiel:

»Ja, wer bist denn du, wie heißt du denn?«

»Matti!«

»Ah, Matthias.«

»Nein, Matti!«

»Das glaub ich nicht, den Namen gibt es nicht.«

»Und es gibt ihn doch, in Finnland, meine Mama ist aus Finnland!«

Wir lachten und betraten das Haus der Mutter. Matti sah fragend zu mir auf, ich kannte sein Begehren und nickte. Er lief zum Treppenlift, schwang sich hinauf, schaltete auf volle Fahrt voraus und fuhr juchzend neben uns in den ersten Stock. Dort betrat er ganz arglos als erster das Sterbezimmer, lief zum Bett meiner Mutter, legte kurz eine Hand auf ihre Hand und zirpte sein »Hallooo!« Dann ließ er sich in einen der bequemen Sessel im Zimmer fallen, trampolinte ein wenig darauf herum, beobachtete neugierig seinen Vater, die Kranke, den Wechsel der Infusion, sprang dann wieder auf die Beine, zirpte »Tschüüss« und verschwand im Treppenhaus. Wir hörten das Brummen des Treppenlifts und das Jauchzen des Kindes.

VIII

Plötzlich war alles anders.

Eines Nachts schreckte ich von einem ungewohnten Laut hoch. Ich lauschte, mein Herz donnerte. Aus dem Zimmer meiner Mutter drang ein Stöhnen, ein Schreien und barfuß lief ich an ihr Bett. Sie schien zu schlafen oder zu träumen, doch jedes Ausatmen begleitete ein qualvoll lauter Ton aus dem Reich des Weinens und Stöhnens. Ich wusste nicht, was ich unternehmen sollte, sie aufwecken und Morphium verabreichen oder sie weiter stöhnen und leiden lassen, bis sie von selbst aufwachte.

Das ganze Zimmer war in ein gespenstisch weißes Licht getaucht, das der zunehmende Mond und das Weiß der Kirschblüten zusammen hervorbrachten. Es sollte immer hell im Zimmer sein. Meine Mutter wollte nicht, dass die Vorhänge zugezogen wurden, sie wünschte eine freie Sicht auf jeden ihr noch verbleibenden Tag und jede Nacht. Ich ging wieder in mein Zimmer zurück, begleitet von den schmerzlichen Lauten, die ich auch noch im Bett hörte, ich stand nochmals auf und machte beide Türen zu. Doch in der Stille der Nacht kroch das Stöhnen in jeden Winkel des Hauses, ließ sich auch nicht durch die Bettdecke, die ich mir über die Ohren zog, eindämmen.

Warum ächzte sie so? Mir gelang es nicht mehr einzuschlafen und ich machte mir Gedanken. Leidet meine Mutter an den nicht eingeschlagenen Wegen, die sich jetzt vor ihr auftun, den Wegen im Sonnenlicht, auf die kein Schatten von Schuld und Trauer fällt. Vielleicht erinnert sie sich auch an ihre spitzen, lieblosen Sätze. Oder, stellte ich mir vor, sie ist wieder Kind in einer angesehenen Patrizierfamilie und wollte dort verbleiben, stöhnte vor dem Schritt hinaus in die modernen Zeiten, in denen ein Mensch mit dem Aussehen einer Schießbudenfigur erscheinen und ganz Europa in den blutigen Wahnsinn treiben sollte?

Ich schlief keine Nacht mehr. Mich verfolgten die Schreie meiner Mutter und am Tag fühlte ich mich müde und nervös. Dr. Wächter meinte, ich solle versuchen tagsüber ein wenig zu schlafen. Er kenne dieses eigenartig laute, stöhnende Ausatmen, jetzt dauere es nicht mehr lange.

Am Sonntag früh rief ich Olga an und bat sie, mich am Bett unserer Mutter abzulösen. Bald danach sah ich Karl sein Rad durch den Vorgarten schieben und noch ehe er klingelte, öffnete ich die Haustür. Trotzdem er seit zwanzig Jahren mit meiner Schwester verheiratet war, hatten wir nie viel Kontakt gepflegt, waren ausschließlich bei den Familieneinladungen meiner Mutter zusammengekommen, bei denen er immer glänzen musste, sei es mit seinem Berufswissen, seinen ausgefallenen Hobbys – Phöniziologie und Methodik der Einbalsamierung in alten Kulturen –, und manchmal auch mit einer glasierten Gans. Jetzt stand er mit seinem fliehenden Kinn ein wenig hilflos lächelnd vor mir.

»Ich übernehme, du kannst dich schlafen legen«, sagte er, »du schaust nicht gerade blendend aus.«

Ich legte mich im Souterrain ins Gästebett. Dort war es dunkel und still. Lange gelang es mir nicht einzuschlafen, meine Gedanken dümpelten in Altwasserarmen dahin. Ich erinnerte mich, wie meine Mutter weder Karl noch Goetz als die für ihre Töchter passenden Männer ins Herz geschlossen hatte. Beide, sagte sie, hätten keine Liebe im Leib. Der eine sei Zyniker, der sich über Gefühle lustig mache und der zu seiner eigenen Mutter »Frau Trude« sagte. Und der so tat, als ob es seinen Vater bei der Waffen-SS nicht gegeben hätte, weil es auch kein Grab von ihm gab. Und der andere, Goetz, der beim geringsten Anlass schreit und brüllt, weil sein Vater seit Stalingrad stumm geworden ist.

»Beide sind Opfer der Hitlerzeit«, hatte meine Mutter immer gesagt.

»Aber das sind wir doch alle«, warf ich ein.

»Hannah, es gibt Unterschiede in der Verarbeitung und Einsicht«, sagte die Mutter streng und dann weiter, »in einer Ehe ist Ebenbürtigkeit wichtig, Mitleid hat da nichts verloren.«

Wie hatten wir unsere Ehemänner kennengelernt? Bei mir war es in der Uni, ich lief gerade durch einen Gang und da blieb mein Herz stehen. Aus einem Zimmer kam polternd und brüllend ein Mann, warf krachend die Tür hinter sich zu und stapfte voll Wut den Korridor entlang auf mich zu. Der Mann sah mich gar nicht. Seine kleinen Augen blitzten wütend hinter einer großen Brille hervor, sein Haar stand ihm regelrecht zu Berge und der Vollbart vollendete sein wildes Aussehen. In diesem Augenblick schoss es durch meinen Kopf, dieser Mann ist mein Schicksal, und gleichzeitig sah ich den Russen, der am 7. Mai 1945 polternd und brüllend in mein Kinderzimmer eindrang und mich aus dem Mittagsschlaf riss und mein Herz stehenblieb. Von dieser ersten Begegnung mit Goetz hatte ich nie erzählt, immer nur wie wir uns bei dem Fest eines Uni-Assistenten kennengelernt hatten.

Wie war es bei Olga? Ich kannte ebensowenig die Umstände ihrer ersten Begegnung mit Karl, das Ausschlaggebende ihres Zusammenkommens, genau so wie sie nichts aus meinem Leben wusste. Bis zu ihrer Hochzeit hatte sie mir Karl verschwiegen, als sollte mein kritisches Auge nicht vor dem Ehegelübde auf ihn fallen.

Davor war es anders gewesen. Nach dem Abitur schiffte sich Olga mit zwanzig Jahren von Bremerhaven nach New York ein. Die Hinfahrt wollte sie unbedingt mit einem Ozeandampfer machen, denn nicht nur symbolisch wollte sie den großen Teich überqueren. Zum Nachtzug nach Bremerhaven sollte ich allein sie bringen, weder unsere Eltern noch einen ihrer Freunde wünschte sie dabei zu haben. Zu meiner Begleitung nahm ich einen lebenserfahrenen Mann aus meinem Freundeskreis mit. Er lud uns vor der Abfahrt des Zuges zur Henkersmahlzeit in ein jugoslawisches Lokal ein, hielt uns eine Rede über Abschied, über Fortgehen und Wiederkommen, über Lernen und sich Entwickeln. Dann bestellte er Sliwowitz, eine winzige, geschliffene Karaffe für jeden. Wir stießen an und heulten, stießen noch einmal an und lachten, bis es Zeit wurde, Olga zum Bahnhof zu bringen.

In den USA entschloss sie sich bald zu einem Studium

in einer Stadt an der Ostküste. Sie schrieb lange Briefe nach Hause, schickte Fotos und jedes Jahr einen Liebhaber und potentiellen Ehemann zur Begutachtung zu uns.

Im ersten Jahr kam ein deutschstämmiger Arzt an. Er war ihr Professor in Physiologie und doppelt so alt wie Olga. Er küsste der Mutter die Hand, führte mit dem Vater im Herrenzimmer ein wortkarges Gespräch unter Männern und richtete an mich belanglose schulische Fragen. Dann fuhr er weiter zu einem Ärztekongress. Ich kabelte meiner Schwester über den großen Teich: »Doktor Papi war da!« und zu meiner Mutter bemerkte ich, »ihr wäret ein hübsches Paar«. Olga heiratete ihn nicht.

Ein Jahr später wurde uns Larry ins Haus geschickt. »Kümmere dich um ihn, er ist Student in meinem Semester«, schrieb meine Schwester in einem Brief, den mir Larry artig übergab. Er durfte bei uns im Gästezimmer logieren, an den Familienmahlzeiten teilnehmen, und ich widmete ihm nach meinen Vorlesungen - ich war inzwischen auch an der Uni eingeschrieben - meine Freizeit. Es war gerade ›Oktoberfestzeit‹ und Larry fand alles ›great‹: die Bayern, die Trachten, die Haflinger, das Bier, von dem er schon nach wenigen Schlucken beschwipst wurde. Sein jungenhaft nichtssagendes Gesicht füllte ein breites Grinsen aus, das er uns von morgens bis abends zeigte. Ich konnte mir nicht vorstellen, dass er das Grinsen zur Schlafenszeit aus seinem Gesicht bekäme. Ich führte ihn in München herum, zeigte ihm das Hofbräuhaus, Schloss Nymphenburg, die Residenz, die Oper, den Starnberger See und wieder war alles ›great‹. Larry konsumierte meine Führungen ohne wirkliches Interesse an unserer bayerischen Geschichte, Kunst und Natur. Ich wurde einsilbig und grantig und überlegte mir, wie ich den Amerikaner reizen könnte. Erst provozierte ich ihn mit der Politik der Weltmacht, des Weltpolizisten, er aber ging nicht darauf ein, lächelte nur. Danach wollte ich etwas Persönliches aus seiner Kindheit und Jugend wissen, von pubertären Problemen mit seinen Eltern und Geschwistern, von Rebellion und Zusammenstößen, von Betroffenheit und Engagement. Aber Larry hatte keine Auseinandersetzungen erlebt und keine selbst provoziert. Wie kann man auch, wenn man sich und die Welt in dieses Grinsen packt. Von Tag zu Tag wurde er mir unheimlicher. Sein Dauerlächeln, das ich am ersten Tag, als er aus dem Flugzeug stieg, als gewinnend und offen betrachtet hatte, und das ich nach ein paar gemeinsamen Tagen schon dummdreist fand, entwickelte sich nun zu einer Bedrohung für mich. Endlich brach die Frage aus mir heraus, warum er sich so verdammt ›great‹ fühle! Seine Antwort war denkbar einfach:

»Ich bin Amerikaner«, sagte er. »ich muss mich doch nicht um einen Platz im Leben bemühen! Die Weltmacht und zweihundertachtzig Millionen stehen hinter mir, wo ich auch bin, sie sind da.«

Er war also ein WIR. WE AMERICANS! Er musste nicht Mensch werden, durch keine schmerzhafte Individuation hindurch. Da sah ich ihn plötzlich als Un-Mensch und ich schickte ihn weiter auf seiner Europareise. An Olga telegrafierte ich: »Homunculus americanus war da!« Auch Larry wurde nicht mein Schwager.

Im dritten Jahr kam Branco in München an. Als Gastgeschenk brachte er bonbonfarbige, flauschige Handtücher mit. Branco war bodenständig. Er war Parkettverleger mit eigenem, florierendem Geschäft und er war ein stolzer, herzlicher Kroate. Sein Nachname endete auf -itsch oder -tschitsch. Als Sohn armer Kroaten war er zehnjährig in das Land der unbegrenzten Möglichkeiten und tatsächlich zu Geld gekommen. Nun wollte er seine

Dollars herzeigen und ihren Wert genießen. Mittags und abends lud er mich in Lokale ein, drängte mich zum Essen und Trinken. Es gefiel ihm, wenn ich mit Appetit aß, und er zeigte mir sein tieftrauriges kroatisches Gesicht, wenn ich ablehnte. Eine Woche mästete er mich, dann mietete er einen Mercedes und steuerte Österreich an, wo er sich nahe der jugoslawischen Grenze mit seinen Verwandten traf. Er selbst durfte mit seinem amerikanischen Pass in kein kommunistisches Land reisen.

Was sollte ich Olga schreiben? Branco gefiel mir, ich verstand, dass sie sich zu ihm hingezogen fühlte. Das Herzlich-Freigebige, das Schwermütig-Lustige floss ebenfalls in unseren slawischen Adern. Meine Schwester war von Heimweh und Einsamkeit ergriffen. Aber war das ein Grund, einen kroatischen Amerikaner zu heiraten? Liebte sie ihn? Ich wusste es nicht. Ich kabelte: »Schick uns nicht die Männer – komm selbst!«

Im vierten Jahr kam Olga allein nach München zurück und heiratete schon ein halbes Jahr später Karl.

IX

Nach einem langen, tiefen Schlaf erwachte ich und fühlte mich in der dichtschwarzen Dunkelheit und tauben Stille meiner Umgebung völlig orientierungslos. Ich streckte meine Hand zur Nachttischlampe aus, fand keine und mir fiel ein, dass ich im Keller lag, wo es eine Stehlampe neben dem Bett gab. Ich machte Licht, stand auf und ging nach oben. Karl fand ich rauchend auf der Terrasse.

»Wie geht's?« fragte ich.

Er zuckte mit den Schultern.

»Sie hat mich immerzu in Tschechisch angesprochen,

ich habe genickt und ihr nicht zu verstehen gegeben, dass ich diese Weltsprache nicht beherrsche.«

Er drückte seine Zigarette aus, zeigte noch mit dem Kopf in Richtung Wohnzimmer und meinte:

»Hier schaut es ja schon wie bei einer Beerdigung aus«, und verschwand.

Es folgten noch zwei Nächte ohne Schlaf, zwei Nächte mit Anhören und Aushalten der qualvollen Stöhnlaute, die meiner schlafenden Mutter entwichen. Kaum wurde es hell, trat Stille ein, meine Mutter wachte auf und das schwere Atmen war vorbei. Sie lag nur noch auf dem Rücken, bewegte und drehte sich nicht mehr. Ihr Blick war, wenn sie die Augen öffnete, auf nichts gerichtet, ging einfach durch Raum und Zeit hindurch, und ich erkannte nicht, wo sie sich aufhielt. Manchmal fing sie unvermittelt zu sprechen an. Leise, kraftlos, die Lippen kaum öffnend erzählte sie etwas in ihrer Muttersprache. Auch ihre Worte waren an niemanden gerichtet, verloren sich ziellos im Raum.

Manchmal prägten sich mir Namen ein und ich horchte auf. Bohumil? War das nicht jener begnadete Urahn, den Gott liebte, der mit seinem Orchester und seiner silbernen Trompete durch die Welt zog, von Ort zu Ort, von Prag immer weiter nach Osten vorrückte, durch die Gubernien des zaristischen Russland sich spielte und bejubelt wurde, am Hof des Zaren Nikolaus empfangen wurde und vor der Zariza seine silberne Trompete ertönen ließ. Was er wohl spielte? Und ob die Zariza an seinen Lippen hing? Trompeter müssen doch volle, kräftige Lippen haben, an denen sich auch eine Zariza nicht satt sehen kann. Und weiter spielte sich unser Urahn Bohumil mit seinem Orchester durch Kirgisien, den Kaukasus, den Ural und gelangte nach China. Viele Kunstgegenstände, die ich in den Häusern meiner tschechischen Verwandten sah, zeugen von dort. Sogar in einem böhmischen Dreiseithof eines entfernten Verwandten in dem Dorf namens Křešice gab es ein chinesisches Zimmer, angefüllt mit feinem Porzellan, Kalligrafien, schwarzen Lackarbeiten und einem bronzenen Löwen in Naturgröße. Das wirklich Chinesische im Ort aber, so empfand ich, war dort die Trauerweide am Rande des Ortsteiches mit seinen Enten, die zwischen den hängenden, zarten Weidenästen auf- und wieder wegtauchten.

Neben meiner Sehnsucht nach Prag, meiner Vater- und Mutterstadt, existiert noch eine geheimnisvolle Anziehungskraft, die von allem ausgeht, was jenseits der Karpaten liegt, bis tief hinein in den sibirisch-mongolisch-chinesischen Raum. Auch wenn ich nichts von den Tourneen wüsste, die mein Urgroßvater im asiatischen Raum vorgenommen hatte, so würden aus mir Phantasiegeschichten quellen, über kirgisische Räuberbanden, über das Leben in Jurten und Auls, ich würde erzählen von Karawanenreisen durch die Wüste Gobi und dem Schlafgemach einer chinesischen Prinzessin in der Verbotenen Stadt.

Auf der Ostroute gelangte der Musiker Bohumil bis nach Amerika, wo es ihm in San Francisco besonders gut gefiel. 1870 kaufte er dort einen Wohnblock, ließ seine drei jüngeren Brüder aus Südböhmen über den Großen Teich kommen und setzte sie als Verwalter seines amerikanischen Besitzes ein. Bohumil jedoch kehrte in die Heimat zurück und wurde der Großvater meiner Mutter. 1906 hatte er keinen amerikanischen Wohnblock und keine Brüder mehr, das Erdbeben und das Feuer hatten alles vernichtet.

Oft flüsterte meine Mutter »táta«. Die Worte schnitten mir ins Fleisch. Ihr geliebter Vater, von dem sie uns immer erzählt hatte, »er war der beste, der gerechteste, der gescheiteste Vater«, starb zur selben Zeit, als sie nach ihrer Flucht aus Prag in München angelangt war. Erst durch einen Brief ihres Bruders, der sie über die Schweiz erreichte, erfuhr sie Monate später von seinem Tod und ihre Sehnsucht nach einem Wiedersehen blieb unerfüllt im Raum stehen.

Das gute Familienleben, das meine Mutter genossen hatte, versuchte sie mit ihren Kindern dann in München weiterzuführen. Das familiäre Musizieren, die berühmten Hauskonzerte der Drapáks, bei denen jedes Mitglied mehrere Instrumente beherrschte, fiel in ihrer eigenen Familie leider aus, da beide Töchter unmusikalisch waren und es über ein paar Polkas auf dem Akkordeon nicht hinausbrachten. Dafür regte sie mich zum Schreiben an und wir führten meine Theaterstückchen auf. Olga musste immer die Rolle einer Gruppe spielen, den antiken Chor im Hintergrund oder die Gesamtheit der Sieben Zwerge oder alle Räuber im Wald. Und immer verlangten unsere Eltern von uns, dass wir die Szenen auch in Tschechisch, Französisch und Englisch darboten. Kunst, Sport, Sprachen waren die Grundlagen unserer Erziehung.

Am häufigsten aber rief meine Mutter in ihren letzten zwei Tagen den Namen ihres Bruders. Václav, genannt Vašek. Eindringlich, um Hilfe flehend, zärtlich, resignierend – so lernte ich den Namen aus ihrem Mund kennen.

Ich rief Onkel Vašek an, um ihn vom Sterben seiner Lieblingsschwester zu unterrichten.

»Meine Hannah ruft mich an.«

In seiner Stimme lag immer so viel Freude, wenn er sprach. Die Nazis, die Kommunisten, die Zwangsarbeit in den Straflagern hatten der Liebe, die in ihm steckte, nichts anhaben können.

»Die Zeiten sind schlechter geworden«, sagte er, »ich werde so schnell kein Visum zu euch bekommen. Du musst kommen, wenn alles vorbei ist, komm zu uns, Hannachen!«

Ja, das würde ich machen, ich würde nach der Beerdigung in die Heimat der Mutter fahren, um dort von ihr zu erzählen. Jetzt sagte ich dem Onkel nicht, dass meine Mutter nach ihm flehte. Er konnte sich nicht einfach in den Zug setzen und vierhundert Kilometer von Ost nach West fahren. Vierzig Jahre nach Kriegsende gab es immer noch den Eisernen Vorhang. Aber er würde in der Kirche, in der Milena Drapák getauft worden war, eine Kerze anzünden, so wie wir es immer an Weihnachten gehandhabt hatten. Wir stellten brennende Kerzen in all unsere Fenster in München und im Haus von Onkel Václav strahlten ebenso die Kerzen in den Fenstern. Licht lässt sich von keiner Grenze aufhalten.

»Bekreuzige und beküsse ihre Stirn von mir«, sagte mein Onkel zum Abschied.

Auch das war in unserer Familie ein beständiges Ritual, ein Abschiedsritual. Bei jedem Fortgehen aus dem Haus, auch wenn es nur für eine Stunde war, jeden Morgen beim Aufbruch in die Schule wurde uns von Vater und Mutter ein Kreuz und ein Kuss mitten auf die Stirn gedrückt. Unsere Mutter muss diese Art des Abschiedsküssens von ihren Eltern übernommen haben, denn ich fand es auch in der Familie meines Onkels.

Auch ich habe es, gegen das Gelächter von Goetz, als Abschiedsritual übernommen. Aber, fragte ich mich früher, wie küsst man seine Kinder zum letzten Mal? Wie haben sich Vater und Mutter am 8. Mai 1945 von Olga und mir verabschiedet? Es muss einen letzten Kuss und Segen gegeben haben, denn sonst hätten wir die langsam tötende Zeit des Waisenhauses nicht überlebt. Kreuz und Kuss auf die Stirn waren unser Lebens-Mal, das Zeichen, das uns mit zwei und vier Jahren die Kraft gab, auch ohne Eltern weiterzuleben. Und als im Mai 1947 unsere Eltern plötzlich leibhaftig auf uns zugingen, da verweigerten sowohl Olga wie auch ich die Umarmung. Ich schrie wie am Spieß, als sie mich küssen wollten. Den Kuss, nach dem ich mich zwei lange Kinderjahre gesehnt hatte, sollten mir nicht diese fremden Menschen aufdrücken. Sie waren nicht meine Eltern, sie waren Fremde. An die Zeit ohne Vater und Mutter, schloss sich eine quälend, rebellierende Zeit mit den falschen Eltern. Ich war lange davon überzeugt, dass dieses reiche Ehepaar uns im Waisenhaus gekauft hätte und dass meine wahren Eltern, nach denen ich mich nach wie vor sehnte, mich nie mehr finden würden. Olga lebte sich leichter ein, sie war älter und hatte sehr bald Vater und Mutter wiedererkannt und wiedererinnert.

An den Moment, als ich die Nabelschnur wieder spürte, die Milch schmeckte - wie meine Mutter sich ausdrückte -, kann ich mich nicht bewusst erinnern, obwohl meine Mutter mir immer erzählte, es hätte diesen Tag, an dem sie wieder meine Mutter wurde, gegeben. Manchmal aber ertappe ich mich heute noch dabei, dass ich mich nach etwas Unbenennbarem, Unsichtbarem und nicht Erreichbarem sehne.

Am vorletzten Tag rührte ich mich nicht fort vom Bett meiner Mutter. Wie hypnotisiert saß ich neben ihrem Bett, hielt ihre Hand und mich überkam in Wellen ein Sog, der von meiner Mutter ausging und auch mich weg von hier, hinaus in eine Unendlichkeit zog. Ich wusste, dass ich mich dagegen wappnen musste.

Olga kam und löste mich für eine Stunde am Bett ab, bevor sie wieder nach Hause hetzte, um für ihre große Familie zu kochen. Wir sprachen nicht darüber, dass unsere Mutter wahrscheinlich leichter loslassen könnte, wenn sie ihre beiden Töchter um sich wüsste.

Jedoch, die eine kam, die andere ging.

Wie schon im Waisenhaus und später in den Auslandsinternaten ließ meine große Schwester mich nicht an sich heran. Allein wollte sie sitzen, trauern und sich erinnern. Ich dagegen wollte meine Gefühle laut aussprechen, aber das fand Olga wieder zu dramatisch. Ich meinte eine naturwissenschaftliche Gespaltenheit bei ihr zu erkennen. Im Fach Pathologie war sie in ihrem Semester, wie sie mir einmal erzählt hatte, die Beste gewesen, aber als ich sie darauf aufmerksam machte, dass auch wir eines Tages so den Tod erwartend daliegen würden und was wir wohl dabei empfänden, da ging sie wie eine Furie auf mich los.

In der letzten Nacht vor ihrem Tod schläfst du ein. Die Mutter wacht und du träumst. Du siehst deine Mutter sich von ihrem Lager erheben und mit angehaltenem Atem und Staunen verfolgst du ihre Schritte quer durch das Zimmer zur Tür. Sie öffnet die Tür, und da greifst du ein, nimmst sie am Arm und führst sie zurück in ihr Bett. Die Tür ins Dunkle bleibt offen.

In diesem Augenblick meines Traumes hörte der aufmerksame Teil in mir ein Geräusch. Hellwach sprang ich aus dem Bett und lief in das Krankenzimmer. Dort fand ich meine Mutter aufrecht am Bettrand sitzen und versuchen, aufzustehen, sie stützte sich auf den Beistelltisch und dabei hatte sie das Glas Wasser, das immer auf dem Tischchen bereitstand zu Boden geworfen. Ihre Augen waren weit aufgerissen, sie starrte auf die Tür.

»Wer ruft, wer ruft mich?« flüsterte sie.

Mich beachtete sie gar nicht, ihre Aufmerksamkeit war auf etwas in ihr und gleichzeitig außerhalb von ihr gerichtet.

»So ist das also«, dachte ich, »man wird gerufen.«

Vorsichtig, so wie man mit Schlafwandlern umgeht, umfasste ich meine Mutter und legte sie zurück in ihr Bett.

X

Natürlich wusste ich nicht, dass jener 12. Mai, der da heraufdämmerte, der letzte Tag sein sollte an dem ich Tochter war. Es ist immer ein furchtbarer Schock, der in jedem Lebensalter eintritt, ob mit zwanzig, vierzig oder sechzig, wenn der letzte noch lebende Elternteil stirbt. Als mein Vater fünfzehn Jahre vor meiner Mutter starb, konnte ich die Trauer um seinen Tod und die Trauer um den verschwundenen Teil meines Lebens, den er geprägt hatte, verschieben. Denn meine Mutter hatte Josef auch als Witwe für uns weiter mitgetragen und am Leben erhalten. An jenem 12. Mai erfuhr ich den doppelten Verlust, da verlor ich beide, Vater und Mutter. Es wurde mir bewusst, dass ich selbst für niemanden die Erinnerung an meine Eltern, meine Großeltern weitertrug, da ich keine Kinder hatte.

Die Sonne ging wie jeden Tag, seit ich in München angekommen war, am wolkenlosen Horizont auf und machte sich daran, ihr strahlendes Tagwerk zu vollenden. Ich hasste mittlerweile die Helligkeit und die Üppigkeit der fruchtversprechenden Blüten. Ich versteckte mich vor dieser starken Sonne und sehnte mich nach Regen. Nur der Kirschbaum wuchs durch die Kraft der Sonne in seiner Schönheit und Makellosigkeit. Die empfangene Wärme verwandelte der alte Baum in Leben.

Kurze Zeit später saß ich bei Frau Schatz in der Küche, sah zu, wie sie mit weichen, schnellen Bewegungen Kaffee aufbrühte und den Frühstückstisch für uns beide deckte. Ich erzählte ihr von der vergangenen Nacht. Frau Schatz hörte mir zu, hantierte wie selbstverständlich weiter, goss mir Kaffee ein und tätschelte meinen Arm. Für einen Augenblick fühlte ich mich geborgen, dann war mir wieder bewusst, dass ich mit der sterbenden Mutter zu zweit allein war, dass mich Frau Schatz gegen Mittag wieder verließ, dass Olga nachmittags für eine Stunde vorbeischaute und dass Goetz weit weg war und sich hinter seiner Arbeit verschanzte.

Ich riss mich zusammen, trank meinen Kaffee aus, beendete das gemeinsame Frühstück und stieg langsam und müde die Treppen in den ersten Stock hinauf. Dabei dachte ich an die kindlich jauchzende Freude von Matti, als er den Treppenlift bediente. Ich nahm meinen Platz am Bett der Mutter ein. Sie schien in einen tiefen Schlaf, oder in Bewusstlosigkeit gefallen zu sein. Ob die Musik Smetanas wohl noch zu ihr drang?

Auf dem Tisch neben mir lagen immer noch zwei Aktenordner, die ich noch nicht weggeräumt hatte. Ich nahm einen mit der Aufschrift ›Prag‹ zur Hand und begann darin ohne zu lesen Seite für Seite umzublättern. Plötzlich stockte ich. Auf einem vergilbten Zeitungsausschnitt sah ich das lächelnde, schöne Gesicht meiner jungen Mutter, die mit Kopfhörern vor einem monströsen Volantmikrophon saß. Der deutsche Text darunter erläuterte, dass Dr. Dr. M. Hauser - beide Doktortitel waren angeführt, dafür der tschechische Vorname unterschlagen - die Nachrichten in Deutsch, Englisch, Tschechisch und Polnisch sprach. An den Rand der Zeitungsmeldung war handschriftlich Oktober 1942 notiert.

Wie von der Tarantel gestochen schoss ich in die Höhe. Meine Mutter beim Reichsdeutschen Rundfunk, eine Tschechin beim Verbrecherfunk! Meine Eltern hatten doch erzählt, sie wären im Widerstand gewesen, von einer Kooperation mit den Nazis war nie die Rede gewesen, oder hatte ich als Kind etwas nicht verstanden? Als Kind hört man den Erzählungen der Eltern aus vergangener Zeit einfach nur zu, man hat nicht den Verstand nachzufragen, Zusammenhänge herzustellen, als Kind hört man einfach eine spannende Geschichte. Hatte es nicht auch die Geschichte in meiner Kindheit gegeben, dass Josef unter Lebensgefahr nach dem Attentat auf Heydrich illegale Waffen in der Moldau versenkt hatte? Später erst hörte ich die Meldung, die meine Mutter am 27. Mai 1942 mit weicher Altstimme in vier Sprachen über den Reichsdeutschen Rundfunk verlas:

»Wer Personen, die an der Verübung des Anschlags beteiligt waren, beherbergt oder ihnen Hilfe leistet oder in Kenntnis von ihrer Person oder ihrem Aufenthaltsort keine Anzeige erstattet, wird mit seiner ganzen Familie erschossen.«

Zur gleichen Zeit ging ihr Mann Josef mit einer Aktentasche voll Waffen und Granaten durch Prag. Olga spielte in der Weinberge mit dem Kindermädchen, und mit mir war meine Mutter gerade schwanger.

Meine Mutter lag in tiefer Bewusstlosigkeit. Am liebsten hätte ich sie wach gerüttelt, gesund gezaubert, um sie zu befragen, mit ihrer Vergangenheit zu konfrontieren und eine Antwort zu erzwingen auf das: »Warum?« Wer gibt mir jetzt noch eine Antwort auf meine Frage? Vielleicht kannte Onkel Vašek die Antwort. Ich musste mich gedulden. Voll Widerwillen verbannte ich den kompromittierenden Aktenordner in den Schrank und als Olga um vier Uhr eintraf, erzählte ich ihr nichts von der Existenz des Zeitungsausschnittes. Mir war es aber auch nicht möglich, das Haus zu verlassen, so wie ich es jeden Nachmittag getan hatte, wenn Olga kam. Kraftlos und stumpf verharrte ich in meinem Sessel. Plötzlich hörte ich Olga sagen:

»Es ist vorbei.«

»Was ist vorbei? Das Leiden wird nie vorbei sein!« schoss es mir durch den Kopf.

Doch dann registrierte auch ich, es war der 12. Mai, halb fünf Uhr nachmittags und meine Mutter hatte soeben aufgehört zu atmen. So sehr ich mich auch in den vergangenen Tagen und Nächten auf das Atmen meiner Mutter konzentriert hatte, um ja nicht den letzten Atemzug zu verpassen, so hatte ich jetzt das letzte Ausatmen gar nicht bemerkt. Niemand hatte mir zugeflüstert, noch drei Atemzüge, noch zwei, noch einer. Einen Luftzug hatte ich im Nacken gespürt und mich zum Fenster umgedreht, ob es geschlossen sei und in dem Moment des Zurückschauens hörte ich Olga sagen, »es ist vorbei«.

Nun war das Leben meiner Mutter zu Ende, sie atmete nicht mehr. Olga stand abrupt und geräuschvoll auf und sagte:

»Pack deine Sachen, du kommst mit zu uns.«

»Warum?«

»Du kannst doch nicht mit einer Leiche im Haus bleiben. Ich kümmere mich um alles!«

Sie kümmerte sich um alles, um den Amtsarzt, den Leichenschein, die Beerdigung, das Testament und die Todesanzeigen. Ich beschloss zu bleiben. Ich hätte mich gar nicht fortbewegen können, so schwer war das Gewicht meines Körpers, das mich im Sessel festhielt. Unten hörte ich Olga die ersten Telefonate machen, dann verließ sie das Haus. Von ferne hörte ich es von Christ-König fünf Mal schlagen. Ich rührte mich nicht, ich saß inmitten einer vollkommenen Leere, es gab kein Außen und kein Innen, keine Gedanken, Gefühle, Erinnerungen tauchten auf. Die Stunden flockten aus der Zeitmasse und sanken auf den Boden des Stundenglases. Ich bemerkte es nicht.

Zweimal läutete es. Wie an Fäden gezogen machte ich die richtigen Bewegungen: Tür öffnen, den Amtsarzt einlassen, Treppen steigen, den Schein entgegennehmen, Tür schließen. Irgendwann später, als es schon Nacht war, wieder öffnen und den Sargträgern den Weg weisen. Ich antwortete nicht auf die anteilnehmenden Fragen der beiden Männer im schwarzen Anzug. Erst als ich das Schlagen der Türen und das Anfahren des Autos hörte, wurde ich aus meiner Leere gerissen. Schlagartig befand ich mich wieder im wirklichen Leben.

Alles war vorüber und ich setzte mich wieder in den Sessel. Ich war allein im Haus. Licht machte ich nicht an. Ich wollte Radio, den Klassiksender hören und drückte auf eine Taste der Stereo-Anlage, es brummte, flimmerte hell im Zimmer und da stand der Hradschin, die Prager Burg auf dem Bildschirm vor mir. Ich hatte aus Versehen auf den Knopf des Fernsehapparates gedrückt. Ich wusste nichts von der Sendung, die gerade begann.

Eine Ansagerin meldete sich, während auf dem Bildschirm immer noch die Prager Burg und im Vordergrund die Kleinseite mit der Karlsbrücke zu sehen war.

»Aus Anlass des Todestages von Friedrich Smetana, heute am 12. Mai, übertragen wir das Eröffnungskonzert des ›Prager Frühlings‹. Meine Damen und Herren, aus dem Smetana-Saal zu Prag hören Sie den Zyklus ›Mein Vaterland‹.«

Friedrich Smetana, dessen Musik mich und die Mutter in den letzten Tagen begleitet hatte, war also auch an einem 12. Mai gestorben. Darüber wollte ich mehr wissen. Ich machte Licht, ging zum Bücherschrank der Mutter und suchte nach Literatur über Smetana. Ich fand ein kleines Biografie-Bändchen und setzte mich damit in einen Sessel, den ich vor den Fernsehapparat zog. Der Dirigent erschien auf dem Bildschirm, die Lichter im Saal verloschen, der Dirigent klopfte an sein Pult und schon ertönten die weichen Harfenklänge mit der Melodie des Sehermotivs und sie setzten sich weh und freudig zugleich in meinem Herzen fest.

Das Requiem für meine Mutter begann.

Ich schlug aus Gewohnheit die letzte Seite des Büchleins auf und fand dort den Satz: »Um halb fünf nachmittag am 12. Mai 1884 atmete er zum letzten Mal aus.« Es war eine mysteriöse Übereinstimmung, welche die Mutter und Smetana nicht nur im gleichen Todestag, sondern auch in der gleichen Todesstunde vereinte.

Der Dirigent trieb gerade sein Orchester, trieb die Geigen, Hörner, Bratschen zu der hymnischen Stelle von ›Vyšehrad‹, an der ich jedes Mal den Atem anhielt. Ich las in seiner Biografie, dass Smetana diese herrlichen Klänge als Tauber komponiert hatte, dass das symphonische Werk ‹Mein Vaterland‹ ein Triumph des Geistes über die Widrigkeiten der Materie wurde.

Das Land meiner Väter zog an mir vorüber und ich hörte, wie Smetana die geheime Melodie seines Vaterlandes übernommen und sie zum Tönen gebracht hatte. Vyšehrad - die Moldau - Šárka - Böhmens Hain und Flur - Tábor - Blaník - diese Motive Smetanas sind nach seinem Tod geblieben und werden immer bleiben.

Der Dirigent markierte gerade mit sich krümmendem Körper den Übergang von einer dramatischen zu einer wehmütig-leisen Sequenz, da fiel mir das Buch aus den Händen und blieb mit aufgeschlagener Seite vor mir liegen. Goetz schaute mich an. Das konnte doch nicht möglich sein, wie banal war das Schicksal, das mir solche Zufälle schickte! Ungläubig nahm ich das Büchlein vom Boden auf und las unter dem großen Porträtfoto: der vierzigjährige Smetana. Das Foto zeigte aber auch Goetz, so wie er heute mit vierzig Jahren aussah.

Da endlich befreite der Dirigent die Gottesstreiter aus dem Berg Blaník, er arbeitete schwer, ließ sie einzeln und als Horde hervortreten. Das Vaterland war gerettet.

Die Fernsehübertragung aus Prag endete mit dem Bild des Komponisten kurz vor seinem Tod mit sechzig Jahren.

»So wird Goetz einmal aussehen«, dachte ich.

Ich stand auf und schaltete den Fernsehapparat aus. Das Requiem für meine Mutter war zu Ende, und ich hatte von all den Verknüpfungen erfahren, die bei meiner Geburt mit den Klängen der ›Moldau‹ begonnen und nun am 12. Mai zu Ende gegangen waren.

verlassen

Wer ein Warum zu leben hat,
erträgt fast jedes Wie.
(Friedrich Nietzsche)

Die Revolution

7. Mai 1945

Milena zog vorsichtig rollend ihre echten Seidenstrümpfe über ihre schlanken Beine. Nicht nur die Beine, alles an ihr war ein Blickfang. Und jeder Handgriff, jeder Gegenstand, und vor allem die Kinder ließen sie jeden Augenblick an Josef denken. Tagsüber kam immer die Sehnsucht und die Angst.

»Josef, wo bist du?« sagte sie tonlos.

Diese Strümpfe, die aus zarten Seidenfäden erstellt waren und eng und glänzend Milenas Fesseln umschlossen, hatten sie zusammen in Paris gekauft, 1936 nach ihrer Promotion. Insgesamt vierzig Paar, den ganzen Vorrat des hübschen Wäschegeschäftes in der Rue Rivoli hatten sie damals aufgekauft.

Sie hakte langsam und verträumt die Strümpfe in den Strapsen ein, ließ die Strapse lächelnd einmal schnalzen und dachte daran, wie sie in dem Pariser Wäscheladen ihrem Mann zugeflüstert hatte, wir kaufen sie alle und du reißt sie mir vom Leib!

Schnell zog sie sich zu Ende an, Rock, Bluse und dann erst öffnete sie die Vorhänge, schaute hinaus auf die zum Fluss abfallende Wiese, auf der die Apfelbäume blühten. Es nieselte und sie seufzte und dachte daran, dass der Regen den Früchten schadete. Jetzt erst ging sie ins Kinderzimmer hinüber. Bevor sie eintrat, hörte sie Olga schon plappern. Dieses Kind redete unaufhörlich. In einem Singsang aus Gehörtem, Erlebtem, selbst Erdachtem und aus Märchenbüchern Phantasiertem überschwemmte sie ihre Schwester und die Welt. Hannah mit ihren großen Augen erlebte die Welt anders, mehr von ihrem Inneren heraus, aber sie wehrte sich nicht gegen die Geschichten von Olga und stellte keine eigenen dagegen. Trotzdem hatte Milena immer das Gefühl, dass ihr jüngstes Kind mehr wusste, als es sagte.

»Guten Morgen, Quatschnikova!«

Lachend umarmte die Mutter Olga, die eine Puppe vor sich sitzen hatte, auf die sie belehrend einredete. Mit einem Schwung nahm Milena die Puppe an sich und setzte sie auf den Schrank.

»So, meine Olina, jetzt sage ich dir, was du zu tun hast, nämlich waschen. Ab ins Bad!«

Die Mutter ging zu Hannah und setzte sich auf die sehr niedrige Liege. Ihre Kinder hatten nie in Wiegen oder Gitterbetten geschlafen, sondern von Anfang an auf Liegen und Matratzen, die nur wenig über dem Fußboden lagen. Wenn sie heruntergerollt wären, hätten sie sich nicht weh getan, aber weder als Säugling noch als Kleinkind waren ihre Mädchen aus dem Bett gefallen.

Hannah saß schon, die Mutter erwartend, aufrecht im Bett und streckte ihr ihre Ärmchen entgegen.

»Guten Morgen Smetana, hast du von der Moldau geträumt?«

Seit der Geburt von Hannah unter den Klängen der ›Moldau‹, nannten die Eltern ihr jüngstes Kind zärtlich Smetana. Die Mutter nahm die Zweijährige auf den Arm, Olga beobachtete sie von der Tür aus und sagte weinerlich: »Ich auch!« Da nahm Milena auch Olga hoch und mit der Last von zwei kleinen Kindern auf ihren Armen marschierte sie ins Bad.

Von den Obstbäumen im Garten perlten noch die Wassertropfen des letzten Regengusses, da kam ein Wind auf, zog und blies den Schleier, der sich am Himmel ausgebreitet hatte, fort. Fort nach Osten.

Aus dem Osten und Norden waren die Befreier eingerückt. Verschmutzt, verkommen, aber noch mit einer wilden Kraft ausgestattet. Im Dorf S., fünfzig Kilometer südöstlich von Prag, wo Josef und Milena einen Landsitz gekauft hatten, hatte man noch keinen Russen gesichtet. Aber jeder wusste, auch hierher würden sie kommen, schon bald.

Milena war nervös. Die Kinder spielten zusammen mit den Nachbarskindern im Garten. Sie lief im Wohnzimmer auf und ab, vom Fenster zur Tür, von der Tür zum Fenster, warf einen Blick auf die Kinder, den Obstgarten, den Fluss. Sie rauchte und dachte nach.

Wo befand sich Josef in diesen letzten Tagen des Irrsinns? Das letzte Lebenszeichen hatte sie vor über vier Wochen von ihm erhalten. Es war eine Ansichtskarte aus Nürnberg, die er vorsorglich in ein Briefkuvert gesteckt hatte und daraus erfuhr sie, dass Josef zusammen mit Feldwebel Hašek diente, der sogar als Kraftfahrer zu blöd war. Sie hatte natürlich sofort verstanden, was Josef ihr mitteilen wollte: Er war Kraftfahrer beim Heer und spielte den Soldaten Schwejk. Aber Josefs gespielte Dummheit und der Ausspruch des braven Soldaten Schwejk gegen den Krieg, ›Vorsicht nicht schießen, da sind doch Menschen!‹, konnten auch für ihn selbst gefährlich werden.

Milena zog an ihrer Zigarette und mit dem ausströmenden Rauchatem schickte sie ein Stoßgebet zum Himmel, dass nur jetzt am Ende nichts mehr mit Josef passierte! Sechs Jahre war er am Abgrund gegangen, aufrecht dagegen, immer dagegen, was der Mann mit Schießbudenfigur und seine mächtigen Männer und Hintermänner anordneten. Mahnend, warnend, Menschlichkeit predigend, bis die Machthaber Josef im Zuchthaus versperrten und Milena ihren Mann nur durch ihre listigen Kontakte zur Gestapo im Pečk-Palais vor dem KZ retten konnte.

Dafür sollte Josef dann in den Krieg geschickt, gleich in der ersten Reihe zum Abschuss freigegeben werden. Doch sie kämpfte wie eine Füchsin und Löwin, dass das nicht eintrat. Sie musste lächeln, war auch stolz darauf, wie sie Josef der Armada entzogen hatte, mit Pudding, in den sie Ruhrbakterien mischte. Dann im März 45 wurde der auf fünfundfünfzig Kilo herabgemagerte Josef aus dem Lazarett heraus doch noch an die Front des klein werdenden Reiches gerufen. Er sollte Nürnberg verteidigen.

Milena drückte ihre Zigarette aus und riss sich aus ihren Gedanken. Der Tag und die Versorgung der Kinder musste weitergehen. Sie seufzte tief, sah noch einmal aus dem Fenster und lächelte. Da kam Marek, der kleine Sohn des Wirts, hakenschlagend und einen unsichtbaren Ball vor sich herstoßend auf ihr Haus zu. Sie war dankbar, dass die Verhaftungen und die Deportationen dieses schöne Kind ausgespart hatten. Als Sohn des klugen Dorfwirts war er gegen alle Anfeindungen, Verleumdungen und Gerüchte gewappnet, denn jeder im Dorf hatte sich schon Gedanken über die schwarzen Locken auf dem semitisch geformten Kopf des heranwachsenden Marek gemacht. Die vom gut gezapften Bier berauschten Männer witzelten über den schwarzen Kuckuck im Nest des rothaarigen Wirts und seiner blonden Frau. Doch der kluge Wirt war bei diesen Verdächtigungen immer anwesend, griff lachend ein, lotste die gutmütige Dorfbevölkerung auf falsche Fährten, wurde sogar wissenschaftlich, es sei erwiesen, dass rot und rot schwarz ergebe, mit irgend etwas von rezessiv und dominant verwirrte er die biergetränkten Gehirne der Wirtshausgeher. Nur Milena und Josef wussten um das Geheimnis. Sie selbst hatten es in die Wege geleitet.

Marek war der Sohn ihrer Freundin Lola. Lola war verschwunden seit dem Tag, da Josef in ihre Wohnung gelaufen kam, um sie vor dem Transport nach Theresienstadt zu warnen. Die Wohnung war schon verlassen gewesen, Spuren zeugten noch von einem Wühlen, Raffen und Vernichten. Von Marek keine Spur, bis Josef den Kleinen im dichten Geäst des Apfelbaumes fand, völlig verängstigt »vysoký boty, Stiefel!« stammelnd. Er hatte im Hof den Aufmarsch der schwarzen Stiefel gehört und gesehen. Seitdem lebte Marek als ›Sohn‹ bei Josefs Freund, dem Wirt, der eigentlich Jurist war und sich eine neue Legende gegeben hatte, im Dorf S.

Milena stand lächelnd am Fenster und wartete bis sich Marek zum Haus gedribbelt hatte. Sie wusste, nie mehr würde es in diesem Jahrhundert eine solche Verdichtung von Schicksal geben. Nur einmal alle hundert Jahre waren die Menschen aufgerufen, sich als Mensch zu erkennen zu geben.

»Tante!« rief er atemlos, als er sie am Fenster erblickte, »Tante, wir haben Nachricht von Onkelchen bekommen!«

Milena riss das Fenster auf und zog Marek nahe heran. Er flüsterte:

»Onkel Josef ist in Prag, er kommt heute noch hierher. Das soll ich dir von Vater sagen.«

Die Nachrichtenübermittlung funktionierte also noch. Was wohl in Prag vor sich ging? Hier im Dorf war es ein Tag wie aus dem Bilderbuch Gottes. Man beobachtete den Flug der Bienen zu den Blüten, kommentierte den Regen, das Futter für die Mastgänse, man stritt über Weideflächen links und rechts vom Fluss und lachte über das Depperl des Dorfes, das glücklich sabbernd mit einem Dirigentensteckerl durchs Dorf trabte. Und draußen in der Welt, in Prag, explodierte ein Tag voll Hass. Milena hatte in den Sendungen des Schweizer Rundfunks schon gehört, dass die Tschechen in einem Taumel aus nationaler Liebe und Deutschenhass durch die Straßen von Prag zogen. Jeder Tscheche trug irgendwo das weißrotblaue Ripsbändchen, die Trikolore, am Leib. Auf den Dächern wurde die tschechische Fahne gehisst und jeder wunderte sich über seinen Nachbarn, wie der die Fahne über die Zeit des Protektorats geschmuggelt hatte, da sie doch ständigen Kontrollen ausgesetzt gewesen waren. Aber die schlauen Böhmen duckten sich vor den deutschen Besatzern, setzten ihre Narrenkappen auf und gingen lächelnd ihrer Arbeit nach. Man hatte sie unterschätzt.

Jetzt standen die Tschechen, nicht mehr lächelnd, auf den Moldaubrücken und warfen unter den steinernen Augen des Hl. Nepomuk die deutschen Kinder, die deutschen Frauen in die Moldau, peinigten und steinigten die Fliehenden, wo immer sie ihrer ansichtig wurden. Das jahrelange Umsichblicken in Angst und sich in Hauseingängen verstecken, wenn die schwarzen Fürsten um die Ecke bogen, hatte sich in einen Stoß des Hasses gekehrt. So musste jeder Deutsche, der entgegenkam, gestoßen, getreten, gesteinigt werden und im Kopf dröhnte die Stimme von Beneš:

»Wehe, wehe den Deutschen! Wir werden das deutsche Problem liquidieren.«

Was für ein Glück Milena hatte, dass sie sich im ruhigen S. aufhielt, wurde ihr erst jetzt bewusst. Beide Kinder erkrankten im April an einer hochfiebrigen Erkältung und als der Husten im nassen, rußigen Prag nicht besser wurde, nahm Milena von ihrer Arbeitsstelle, dem Deutschen Rundfunk, kurz entschlossen Urlaub und übersiedelte mit den Kindern in ihr Landhaus. Vor ein paar Tagen hatte sie sich mit dem Gedanken getragen, nach Prag zurückzukehren, vor allem wegen Josef, von dem sie in diesen Auflösungstagen ein Lebenszeichen erwartete, das in Prag, in ihrem Freundeskreis aus Bonzen und Dissidenten einfacher zu empfangen war als auf dem Land.

Doch das Schicksal wollte es, dass Milena als der Reichsdeutsche Rundfunk in Prag vor drei Tagen von den Nationaltschechen gestürmt wurde, nicht an ihrem Arbeitsplatz in der Ansagerkabine vor dem monströsen Tellermikrophon saß. Wie hätten sich die Nationalen ihr gegenüber verhalten? Einer Tschechin beim Feindfunk? Jeder im Land kannte ihre Stimme, sie galt als Kollaborateurin und nur wenige im Untergrund kannten ihre politische Verkleidung. Ihr Bruder Václav wusste um ihre Camouflage und natürlich Josef, für den sie diesen Seiltanz gewagt hatte.

Josef! Josef kam heute. Eine tiefe Liebe zu ihrem Mann überschwemmte sie, weh und freudig zugleich. Jetzt war es Mittag, nur noch ein paar wenige Stunden musste Milena auf die Rückkehr Josefs warten.

Hannah lag in ihrem Bett und hielt Mittagsschlaf. Anschmiegsam hatte sie sich in diesen warmen Schlaf fallen lassen, der hurtig dahinplätscherte wie der Fluss vor der Tür. Sie lag auf dem Rücken, bekleidet mit einem baumwollenen Spielhöschen, bedruckt mit bunten Ornamenten und in die linke Armbeuge geklemmt hielt sie ihren Teddy und drückte ihn fest an ihr Herz. Poch, poch, poch - ein glückliches, regelmäßiges Schlagen ging von ihrem kleinen Herzen aus.

Dann stand ihr Herz still.

In Todesangst, es war eher ein Urinstinkt, riss Hannah die Augen auf und starrte in eine Grimasse, die genau über ihr hing, sie starrte in Augen und in einen aufgerissenen Mund, vor denen sie ein tödlicher Schreck erfasst hatte. Auf ihren nackten Oberkörper drückte der kalte Lauf eines Maschinengewehrs.

Hannah lag stocksteif auf dem Rücken, rührte sich nicht und schrie nicht. Sie sah immerfort in diese Augen, sie roch den Geruch von Metall und Gewalt. Da endlich tauchte hinter dem wilden und stinkenden Mann ihre maminka auf. Das Herz von Hannah fing wieder zu schlagen an.

Milena redete mit schwarzen, funkelnden Augen auf den Mann ein, streng und hart war ihre Stimme und Hannah verstand nicht, was ihre Mutter zu dem Eindringling sagte. Es klang ähnlich und in der Färbung vertraut, wie die Sprache, die sie zu Hause sprachen, aber Hannah begriff nichts, so sehr sie auch dem Gesagten folgte. Vielleicht verstand sie es nur nicht, weil ihr Herz so schnell und laut klopfte.

Dann war sie in Sicherheit, sie saß auf dem Arm ihrer Mutter. Die maminka hatte den kalten Gewehrlauf von Hannahs Brustkorb weggelenkt und sie aus dem Bett gehoben. Nun war Hannah in Augenhöhe mit dem Mann, das kalte Metall bohrte er wieder in ihre Herzgegend. Plötzlich stand Olga, die mittags nicht mehr schlief, neben ihnen. Unsichtbar und leise war sie in das Kinderzimmer getreten, aus dem sie den polternden Lärm gehört hatte. Sie drückte sich gegen das linke Bein und die Hüfte ihrer Mutter. Auch Olga schrie nicht, starrte nur unverwandt den fremden Mann an, der ein Gewehr an Hannahs Brust drückte. Oder zielte er durch Hannah hindurch auf das Herz ihrer Mutter?

Da! Mutters rechte Hand holte aus und fuhr in das Gesicht des Mannes. Links, rechts und noch einmal links klatschten drei Ohrfeigen ins Gesicht des Russen. Der schulterte augenblicklich sein Gewehr, schrie etwas in seiner fremden Sprache und rannte zur Tür hinaus. Milena ließ Hannah auf den Boden gleiten und löste Olgas Hände aus ihrem Rock.

»Anča«, rief sie, »der Russe sagte, er würde heute um Mitternacht mit Verstärkung zurückkommen. Du musst sofort aus dem Haus, versteck dich bei deinen Leuten oder beim Wirt.«

»Und was machen Sie, Frau Doktor?«

»Mir passiert nichts. Mein Mann kommt heute noch aus Prag zu uns.«

Und trotzdem zitterte sie. Die Angst kam erst, als alles schon vorbei war. Milena hätte nicht sagen können, was sie veranlasst hatte dem jungen Soldaten mit dem Maschinengewehr ins Gesicht zu schlagen. Sie hatte mit Schüssen als Reaktion darauf gerechnet, doch er war einfach weggelaufen.

»Wie geht es nun weiter«, dachte Milena.

Ganz nüchtern sagte sie sich, Russen trinken gerne Wodka und auf der Stelle rannte sie aus dem Haus zum Wirt.

Auf dem blanken, blau lackierten Küchentisch standen drei Flaschen mit wasserfarbener Flüssigkeit und ein halbes Dutzend Wassergläser und warteten auf den Einmarsch der Russen. Daneben im rechten Seitentrakt schliefen Olga und Hannah einem Morgen entgegen, an dem sich ihr junges Leben jäh in eine andere Richtung bewegen sollte. Und von der Küche aus gesehen im links angrenzenden Esszimmer saßen Milena und Josef nah beieinander. Von einer Stehlampe in der Ecke fiel schattenreiches Licht zum Tisch, auf dem Röstbrot, Gänseleberpastete und Prager Schinken nahe bei Josefs Teller standen. Milena hatte den Tisch mit dem festlichen Hochzeitsgeschirr einer Urahnin gedeckt, das sie aus Prag ins Landhaus gebracht hatte, um es vor Bombenangriffen zu schonen. Noch andere Antiquitäten hatte sie rechtzeitig aus Prag aufs Dorf verfrachten lassen. So wurde zwar der Familienbesitz gerettet, war aber trotzdem für die Familie verloren. Nie wieder sollten sie von diesen Tellern essen.

Josef hielt während des Essens mit seiner rechten Hand fest die Linke seiner Frau umfasst und sprach in ihre Tollkirschenaugen hinein. Er erzählte ihr nicht von seiner Fahnenflucht, wie er es geschafft hatte von Nürnberg nach Prag zu gelangen, dazu war jetzt nicht die Zeit, Josef sagte in das ruhige, lächelnde Gesicht seiner Frau hinein:

»Dein Name steht auf der Todesliste der Nationalen und zwar an oberster Stelle. Du sollst als Erste liquidiert werden!«

Er hatte es durch Zufall erfahren. Als er sich am Morgen des 6. Mai von Westen her, über Smíchov, der schon in Aufruhr befindlichen Hauptstadt näherte, wurde er von einem Opel überholt. Er erkannte auf der Stelle das Nummernschild, reckte einen Arm in die Höhe, pfiff und das Auto hielt scharf an. Am Steuer saß Václav, Milenas revolutionärer Bruder. Josef stieg zu ihm ins Auto, erklärte kurz, woher er kam, wohin er wollte. Vašek unterbrach ihn.

»Du darfst jetzt nicht in eure Wohnung, außerdem ist Mila mit den Kindern Gott sei Dank auf dem Land. Ich bringe dich zu Pavel nach Hause, dort kannst du über Nacht bleiben und morgen fahren wir dich als einen der Unsrigen nach S. Nimm Mila, versteckt euch, sie darf nicht erschossen werden. Das wäre unsere griechische Tragödie, schuldlos schuldig.«

Josef legte erregt seine Hand auf Vašeks Arm.

»Du musst der Gruppe erklären, warum Milena zum Reichsdeutschen Rundfunk gegangen ist. Sie hat mich gerettet und euch die besten Informationen geliefert!«

»Ach Josef!« seufzte Milenas Bruder, »Pavel und ich haben keinen Einfluss mehr auf die Nationalen. In der Diktatur, ja da haben sie auf uns gehört und unsere Aktionen befolgt, doch jetzt im Siegesrausch sind sie taub und blind und gehorchen animalischen Trieben. Gib auf Mila acht, verstecke sie.«

Die Russen waren aber schon am Mittag, noch vor Josefs Ankunft im Haus gewesen und Milena erzählte ihrem Mann, wie sie den Russen in die Flucht geschlagen hatte. Jetzt war es noch eine halbe Stunde bis Mitternacht. Josef und Milena saßen am Tisch und warteten gemeinsam auf ihr Schicksal.

Der Abschied

8. Mai 1945

Von der Dorfkirche hatte es Mitternacht geschlagen. Zwölf harte Glockenschläge in eine stille Nacht hinein. Das Dorf S. war schon schlafen gegangen, nur aus den oberen Fenstern des Gasthauses und aus den Fenstern des Hauser-Landsitzes schien Licht. Sonst war alles dunkel, Straßenlaternen gab es nicht.

Plötzlich füllte sich die Nacht mit dem Stakkato von Glockengeläut, das nicht enden wollte. Wie an Ostern, wie bei einer Hochzeit wurden die Kirchturmglocken bewegt.

Der Wirt war auf die Idee gekommen, den Hausers mit Glockengeläut beizustehen, die Russen dadurch zu warnen, wir wachen, das Dorf schläft nur vermeintlich, hier wird niemand heimlich hingerichtet! Und tatsächlich erhellten sich nach und nach die Fenster im Dorf, wurden aufgerissen und schläfrige Menschen spähten auf die dunkle Straße.

Josef hatte die Tür zu seinem Haus nicht abgesperrt. Er wollte die Russen nicht reizen, wollte ihnen das Gefühl geben, sie seien willkommen und man erwarte sie.

Im ganzen Haus brannten die Lichter. Nicht in die Dunkelheit, sondern in eine freundliche Helligkeit sollten die russischen Soldaten tappen.

Es exekutiert sich nicht so leicht in einer warmen, familiären Atmosphäre.

Unter Glockengeläut zogen drei russische Soldaten in sauberer Uniform, drei Maschinengewehre griffbereit geschultert, durch das stilldunkle Dorf zum heimelig erleuchteten Anwesen der Hausers. Wer weiß schon, welchen Erinnerungen sich die drei jungen Burschen hingaben, als sie durch das Dorf schritten und die Glocken auch in ihren Herzen zu klingen begannen. Wer kümmert sich schon um das Gefühl des Schmerzes und der Sehnsucht von Soldaten? Das Dorf, die Glocken und die lehmige Straße ließen sie an zu Hause denken, damals als Kinder waren sie noch barfuß, einen Knüppel schwingend durch ihr plattes Dorf im Gebiet östlich der Wolga geräubert, bis ihnen der Georgier tödliche Waffen in die Hand gedrückt und sie das Grauen gelehrt hatte.

Der erste Soldat stieß die angelehnte Haustür mit dem Lauf des Maschinengewehrs vollständig auf. Ein viereckiger Vorplatz, der in einen Korridor überging, lag vor ihnen. Sie traten auf das Rot von alten, wertvollen Teppichen, in denen die klopfenden Tritte ihrer Stiefel verschluckt wurden. In einem Türrahmen stand ein schlanker, blonder Mann und lächelte sie freundlich an. Er ging einen Schritt zurück in die Tiefe eines Zimmers, hob seine rechte Hand mit der Handfläche nach oben und sagte höflich:

»Bitte meine Herren, treten Sie ein.«

Sie traten ein. An einem blau lackierten Tisch saß die Frau in einem bodenlangen schwarzen Rock und einer weißen Bordürenbluse. Ihre schwarzen Haare hatte sie fest an den Kopf frisiert und im Nacken zu einem Knoten verschlungen. Sie lächelte streng und schön, hob ihre rechte Hand mit der Handfläche nach oben und sagte:

»Bitte meine Herren, bedienen Sie sich.«

Auf dem Tisch standen drei Flaschen Schnaps - klarer, göttlicher Wodka.

Das Gelage und die Verhandlung begannen. Josef trank um das Leben seiner Frau, die stumm und lächelnd am Tisch saß und immer wieder die Wassergläser füllte. Nasdrowje! Auf die Gesundheit! Auf das Leben! Milena wandte ihr Gesicht jedem Einzelnen zu und nickte aufmunternd. Die Soldaten starrten sie mit torkelnden und tränenden Augen an. Sie wusste, dass sie ihrem Ziel, für das sie sich schön gemacht und ein Gewand angezogen hatte, das einer russischen Tracht ähnlich war, näherkam. Zeit brauchten sie! Jetzt sollten die Soldaten ihren heimatlichen Schnaps trinken und sie als schöne Russin bewundern und erst morgen sollten sie ihren Befehl ausführen, Milena Drapák-Hauser vor das National-Tschechische Exekutionskomitee nach Prag zu bringen.

Angst spürte Milena nicht, nur die große Liebe zu Josef, von der sie beide wussten, dass sie immer da war, im Leben und im Tod. Da hörte sie Josef sagen:

»Genossen, lassen Sie uns noch diese Nacht und den Morgen gemeinsam mit unseren Kindern verbringen. Eine slawische Mutter bringt es nicht übers Herz, ihre Kinder mitten in der Nacht aus dem Bett zu reißen, um sich von ihnen zu verabschieden. Wenn meine Frau morgen die Kinder geküsst und bekreuzigt hat, wird sie bereit sein, mit Ihnen zu gehen.«

Milena öffnete die letzte Flasche Wodka und schenkte nach.

»Ich vertraue auf Ihre russische Seele, Genossen.«

Da erhob sich ein Russe, packte Milena am Handgelenk und sagte:

»Zeig Kinder, Frau!«

Sie führte die drei Russen zum Kinderzimmer. Die Tür stand offen, vom Gang fiel Licht ins Zimmer und man sah die Kinder in ihren niedrigen, asiatisch anmutenden Betten liegen. Vom Alkohol sentimental geworden; näherten sich die Soldaten den schlafenden Kindern, und da packte sie, die in allen slawischen Männern schlummernde, reine Liebe zu Kindern. Sie brachen in Tränen aus. Behutsam, damit Hannah und Olga nicht aufwachten, führte Milena die Schluchzenden aus dem Kinderzimmer zurück in die Küche und drückte ihnen ein volles Wasserglas mit Wodka in die Hand.

»Auf die Kinder!«

Dann wurden die drei lustig. Sie sangen Lieder aus ihrer Heimat, Wolgalieder, und Josef und Milena sangen zweistimmig ›Měsíček svítí, já musím jíti ...‹ – der Mond scheint und ich muss fortgehen.

Um vier Uhr morgens fiel die Haustür ins Schloss, die Russen waren ohne Milena fortgegangen. Mittags erst würden sie offiziell mit ihrem schriftlichen Auftrag zurückkommen und Milena verhaften. Hinter der Tür aber standen Milena und Josef in einer Umarmung, in der die Zeit und der Raum, das Leben und der Tod keine Rolle mehr spielten.

Hannah und Olga saßen beim Frühstück, nagten krachend an ihren topinky. Doch Olga fand kaum Zeit, die Milch zu trinken und das Röstbrot zu essen, sie redete und redete. Ihr gegenüber saß táta und die Freude über das plötzliche Wiederdasein ihres Vaters, ließ Olgas Mund überfließen, so viel hatte sie ihm zu erzählen. Und kein einziges Mal sagte táta in ihr Plappern hinein:

»Still, iss jetzt! Beim Essen spricht man nicht!« Er schaute sie einfach nur an.

Hannah hatte er auf seinen Schoß geholt und fütterte sie, obwohl Olga meinte, essen könne Hannah doch alleine! Mechanisch strich eine Hand des Vaters über das rothaarige Köpfchen von Hannah und mit seinen Augen konnte er sich nicht von Olga lösen. Sein Herz war schwer wie ein Stein und Josef wusste nicht, wie er es fertigbringen sollte, sich von seinen Kindern zu trennen, sie alleine zurückzulassen.

Milena setzte sich kurz an den Frühstückstisch, sie trank schwarzen Kaffee und rauchte nervös. Sie konnte nichts essen. Die kleine Hannah beobachtete ihre Mutter und als diese plötzlich mit der noch brennenden Zigarette aufstand und aus dem Zimmer eilte, machte sich Hannah von ihrem táta frei und tapste hinter der maminka her. Sie griff nach ihrer Hand und wich nicht mehr von der Seite ihrer Mutter.

»Das Kind ahnt etwas.«

Mit einer Hand suchte Milena die allernötigsten Hygieneartikel, Dokumente, Wäsche zusammen und verstaute alles in einer schwarzen Aktentasche.

»Mama und Papa müssen kurz nach Prag, ihr bleibt bei Anča hier«, erklärte sie Hannah.

Sie wagte nicht, ihr Kind bei dieser Lüge anzuschauen. Da kam das Kindermädchen, sagte »Komm mein Käferchen, mein Herzchen«, und wollte Hannah auf ihren Arm nehmen. Doch Hannah ließ die Hand ihrer Mutter nicht los und begann wie unter Folter zu schreien.

Es war schon neun Uhr, die Eltern mussten fort. Mit Bedacht wählten sie ihre Kleidung. Obwohl es an diesem Tag, Dienstag, den 8. Mai 1945, nach zwei kalten, regnerischen Tagen, wärmer geworden war und der Wonnemonat Mai schon zu erahnen war, zogen Josef und Milena drei Lagen Unterwäsche und Strümpfe übereinander an. Milena wählte ein Kostüm mit Bluse, darüber ihren hellen Ledermantel und Josef verließ das Haus in einem grauen Anzug und dem englischen Trenchcoat.

Mit ihrem Freund, dem Wirt, hatten die Hausers ihren eigenen Fluchtweg und die Rettung ihrer Kinder besprochen. Es war nicht möglich, die Kinder zusammen mit Anča weiterhin im Haus wohnen zu lassen, denn die Reaktion der Russen und der tschechischen Nationalen wäre, die unschuldigen Kinder als Geiseln für ihre Mutter zu missbrauchen. Das sollte auf jeden Fall vermieden werden.

Anča plante mit den Kindern in ihr Dorf auf ihren heimatlichen Hof zu fahren. In der tschechischen Großfamilie waren die Kinder bekannt und gut aufgehoben, denn schon oft war das Kindermädchen der Hausers mit den beiden im Schlepptau für ein paar Tage zu ihrer Familie gefahren. Und Josef und Milena wollte der Wirt, versteckt zwischen Bierfässern und Säcken, zum Bahnhof nach Benešov fahren.

Jetzt war es neun Uhr. Eltern und Kinder mussten vom Schicksal getrennt werden.

Olga plapperte scheinbar ahnungslos bis zur letzten Minute, als sie an der Hand von Anča das Haus und ihre Eltern verließ. Sie drehte sich auf den Stufen um, immer noch wie in Panik zu ihren Eltern redend, die in der Dunkelheit der Diele zurückgeblieben waren.

Hannah dagegen strampelte und schrie auf dem Arm von Anča, die das außer Rand und Band geratene Kind fest im Arm hielt. Sie drückte das Gesicht von Hannah an ihre Brust, um die Schreie des Kindes zu dämpfen. Die Nachbarn sollten sich keine Gedanken darüber machen, wieso dieses sanfte Mädchen, das man noch nie weinen und brüllen gehört hatte, plötzlich wie in Todesangst schrie. Marek kam ihnen zu Hilfe. Er tippte Hannah auf dem Arm von Anča kurz an, sie drehte sich herum und augenblicklich wollte sie herunter vom Arm auf den Boden zu ihrem Freund. Beide Kinder verband etwas Geheimnisvolles, das die Erwachsenen sahen, aber nicht erklären konnten. Das Bauernkind Anča nannte es das Erkennen von zwei Gleichen. Wie es auch war, Hannah hörte mit dem Auftauchen von Marek zu schreien auf, ließ sich von ihm an die Hand nehmen und beide dribbelten davon.

Josef stand in der dunklen Diele und sah seine Kinder, die plappernde Olga und die brüllende Hannah sich entfernen. Eine körperliche Schwäche drückte ihn in einen bodenlosen Abgrund.

Milena ließ sich von keiner Schwäche übermannen. In ihr war ein eindeutiger Weg aus der Gefahr vorgezeichnet. Nur wenn sie nicht umkam, würden auch ihre Kinder und ihr Mann weiterleben.

»Wenn wir uns von Gefühlen überwältigen lassen, haben wir keine Chance«, ging es ihr an der Tür stehend durch den Kopf. Sie hatten ihre Kinder bekreuzigt und geküsst, nun mussten sie darauf vertrauen.

Bis zum Abend, in der Helligkeit des Mai, waren sie bis Tábor, in Südböhmen gekommen. Von Benešov aus hatten sie einen Zug der Reichsbahn genommen, die unglaublicherweise noch nach deutschem Fahrplan fuhr. An den Schaltern und an den Barrikaden vor dem Bahnhof trafen sie auf fanatisierte Tschechen. Aus deren Augen war das Lächeln und die Ergebenheit gewichen und hatte nach sechs Jahren der Knechtschaft einen Hass aufbrechen lassen, der wie eine Eiterbeule gereift war. Josef und Milena bewegten sich sehr vorsichtig.

Beide besaßen sie die tschechische Kennkarte. Die deutsche, die sie ebenfalls besaßen, ruhte versteckt in ihren Schuhen. 1939, als das Großdeutsche Reich Böhmen und Mähren als Schutzmacht besetzt hatte und mit seiner deutschen Tüchtigkeit den slawischen Staat überschwemmte, war Josef Hauser als deutschstämmig vereinnahmt worden und mit ihm seine tschechische Ehefrau.

In der Geschichte des böhmischen Landes drang im 13. Jahrhundert das deutsche Element in die böhmischen Länder ein, als die tschechischen Herrscher, die Přymesliden unter Ottokar, deutsche Kolonisten ins Land riefen. Im 17. Jahrhundert kamen Josefs Vorfahren aus dem katholischen Südtirol in Prag an und verbanden sich darauf ehelich mit Juden aus dem Elsass.

Wie lange sind Gastarbeiter Gast im fremden Land? Wann werden sie zu Bürgern? Waren die Hausers nach über zwanzig Generationen in Prag doch nicht nationalisiert? Denn der Große Arier bestimmte Josef Hauser zum Mitglied des Großdeutschen Stammes. Doch Josef gelang, was 1939 keinem Prager geglückt war, zeitgleich bekam er für sich und Milena je ein Dokument, das ihn als Deutschen und das andere als Tschechen auswies. Jetzt auf ihrer Flucht war das tschechische Papier gefragt. Trotzdem wagten sie in Tábor nicht die Nacht in einem Hotel zu verbringen. Sie fürchteten die russischen Kontrollen und so entschieden sie sich für eine Nacht im Freien, in den blickdichten Auen am Fluss Lužnice.

Die Eltern

9.–12. Mai 1945

Ihre erste Nacht im Freien verlief gut, und Milena und Josef nahmen dies als gutes Omen hin. Sie hatten eine weiche Mulde gefunden, sie lagen eng beieinander und froren nicht, einer wachte, einer schlief und gemeinsam hörten sie das Rufen des Käuzchens und das Schlagen der Nachtigall. Kein Angler vertrieb sie im Morgengrauen und sie beschlossen, erst spät, wenn Verkehr und Passanten die Straßen füllten, aufzubrechen.

Ihr Freund, der Wirt, hatte in Benešov beim Nationalausschuss die Formulare gestohlen, die für eine Zugfahrt nötig waren und hatte für sie die Fahrkarten von Benešov über Tábor nach Písek gekauft. In Písek und in den umliegenden Dörfern hatte Milena unzählige Verwandte, die ihnen weiterhelfen konnten und westlich von Písek am Fluss Otava stand die hájovna, das Forsthaus, das immer schon im Besitz der Familie Drapák war und jetzt ihrem Bruder Vašek gehörte. Dort, in dem einsam gelegenen Häuschen, wollten sie sich verstecken und die Verfolgungszeit überstehen.

Als Josef und Milena nach drei Stunden Fahrt, die in Friedenszeit nur eine Stunde in Anspruch genommen hatte, in Písek ankamen, gingen sie, ein auffallend elegantes Paar, eingehakt den Perron entlang. Da hörte Milena ganz nah in ihrem Rücken ihren Namen.

»Mila! Dreh dich nicht um, geht einfach so weiter. Du wirst hier gesucht, in der ganzen Verwandtschaft waren schon die Nationalen und wollten deinen Aufenthaltsort wissen. Schau, dass du wegkommst! Meidet die Ausgänge, dort sitzen gut ausgebildete Kontrollen, verschwindet über die Gleise des Güterbahnhofs.«

Milena drehte sich nicht um, sie erkannte auch so die Stimme ihrer Cousine Zlatka, die zufällig im selben Zug gesessen hatte. Josef schaute Milena kurz an, dann umfasste er sie mit seinem rechten Arm, sie schwenkten herum und gingen ganz gemächlich den Bahnsteig in entgegengesetzter Richtung zurück. Mit einer unglaublich offenen Frechheit ging und stieg das elegante Paar über Gleise hinweg, grüßte hinauf zu einem Lokomotivführer und wünschte ihm eine gute Fahrt. Sie machten keine

Anstalten sich zu verstecken oder gehetzt zu wirken. Denn Milena und Josef wussten instinktiv, wer Angst zeigt, wird gefressen. Nur ein imponierendes Auftreten würde sie schützen. So gingen sie leichtfüßig, aber entschlossen weiter auf den Gleisen des Güterbahnhofs entlang und wichen auch nicht dem Trupp Arbeiter aus, der ihnen entgegenkam. Die Arbeiter machten wie selbstverständlich einen höflichen Bogen um das Paar.

Sie hatten es aus dem Bahnhofsgelände geschafft. Das Herz von Milena raste und klopfte wie ein galoppierendes Pferd, als sie in den Seitenstraßen der Stadt verschwanden. So schnell wie möglich mussten sie fort aus dieser Stadt, in der so viele Menschen sie kannten. Und wieder kam ihnen der Zufall zu Hilfe.

Sie gingen gemächlich wie ein Liebespaar, Milena hatte ihr Gesicht an der Schulter ihres Mannes verborgen, da hielt ein großes offizielles Auto neben ihnen, in dem nur der Chauffeur saß, der sie mit Kennermiene grinsend fragte, ob er sie gegen Entgelt in ein verschwiegenes Hotel fahren solle. Josef reagierte sofort, riss den hinteren Wagenschlag auf und sagte, ebenfalls wie ein Kenner grinsend:

»Nicht in ein Hotel, aber in die Liebesauen an der Otava, da kannst du uns hinfahren«, und mit einem besonderen Augenzwinkern fügte er hinzu, »ich muss auf meine Sekretärin Rücksicht nehmen, sie ist verheiratet.«

Josef und Milena saßen Rücken an Rücken am Flusslauf der Otava. Milena schaute in die untergehende Sonne und Josef nach Westen über den Fluss zu den Wäldern des Böhmerwaldes. Ab und zu nahm er einen Flussstein auf und schleuderte ihn übers Wasser. Zum ersten Mal waren sie sich uneins, wie sie weiter vorgehen sollten. Milena sagte:

»Du hast doch von dem Chauffeur gehört, dass die amerikanische Zone in Strakonice beginnt, das sind kaum zwanzig Kilometer von hier. Dort müssen wir hin, und von dort sind es weniger als fünfzig Kilometer bis zur bayerischen Grenze. Lass uns nach Bayern gehen und dort die politische Entwicklung abwarten.«

Das war logisch gedacht, doch irgend etwas in Josef sträubte sich dagegen. Er wollte sich nicht noch weiter von seinen Kindern entfernen und wenn erst eine Grenze zwischen ihnen lag, könnten sie weniger Einfluss nehmen und mit Anča und den Kindern keinen Kontakt aufrecht halten. Josef litt darunter, dass sie von Písek aus nicht den Wirt in S. hatten anrufen können, um sich nach den Kindern zu erkundigen.

»Die Kinder sind nicht in Gefahr, denen geht es gut bei der Familie von Anča«, redete Milena beruhigend auf ihren Mann ein, »und nach vierzehn Tagen oder einem Monat kommen wir zurück. Die Amerikaner werden uns schon helfen.«

»Also gut, gehen wir bis Strakonice«, gab Josef nach und sie brachen sofort auf, um vor der Dunkelheit noch ein Stück Weges zurückzulegen. Milena kannte in dieser Gegend jeden Feldweg.

Sie gingen schweigend. Bei jedem Schritt dachte Josef an seine Mädchen. Seine Hand brannte ihm vom Streichen über Hannahs seidiges Haar und seine Augen tränten von der Erinnerung an Olgas Gesicht während des letzten gemeinsamen Frühstücks. Immer wieder bohrte sich ein Gedanke in seinen Kopf.

»Hab ich sie geküsst, bekreuzigt?«

Er konnte sich nicht mehr erinnern. Der letzte Kuss, das letzte Kreuz war ihm entfallen. Er fragte Milena, die den Abschied von den Kindern und das letzte Bild, die Straße, Anča mit Olga, Hannah und Marek wie eine Fotografie in sich archiviert hatte und es ihm nun beschrieb. Josef atmete schwer.

Ihre zweite Fluchtnacht verbrachten sie in der Scheune eines verlassenen Hauses ungefähr zehn Kilometer vor Strakonice.

»Siehst du, die Deutschen mussten schon fort«, stellte Milena nüchtern fest.

Am frühen Abend des 10. Mai standen sie vor dem GPU-Offizier an der Kontrollstelle in Strakonice. Mittags schon waren sie in dem Marktflecken angekommen, hatten sich jedoch Zeit gelassen, den sowjetischen und den amerikanischen Kontrolldienst zu beobachten, die Flüchtlinge zu registrieren, die durchgelassen und welche wieder zurückgeschickt wurden.

»Was, wenn bei den Sowjets dein Haftbefehl ausliegt?«

»Ich muss es vermeiden, meinen Ausweis zu zeigen, ich muss den Russen ablenken«, überlegte Milena.

Ein gutmeinender Mann, der in der Nähe der sowjetischen Kontrollstelle sein Haus hatte, gab ihnen dann den entscheidenden Tipp. Sie sollten kurz vor Schließung um zwanzig Uhr zur sowjetischen Demarkationslinie gehen, denn da sei der russische Offizier bereits betrunken.

Kurz vor zwanzig Uhr, Milena erinnerte sich genau, dass in dem Moment die Kirchenglocken von Strakonice anfingen zu läuten, betraten sie die sowjetische Kontrollstelle und sie fanden tatsächlich nur einen betrunkenen GPU-Offizier vor. Der schaute sie freundlich und mit glasigen Augen an.

»Den übernehme ich«, flüsterte Milena ihrem Mann zu und in einem Gemisch aus Tschechisch und Russisch erfand sie die Geschichte ihrer Großmutter, die sie erzogen hätte und nun auf ihrem Totenbett im Ort Kvilda ihre einzige Enkelin noch einmal zu sehen wünschte.

Muss man da nicht zu der Sterbenden eilen? Der Genosse Offizier verstünde das sicher, er hätte doch auch eine babuschka, die er liebe. Die wodkawunde Seele des russischen Offiziers schmerzte tatsächlich, er stellte sofort den Durchlassschein aus und umarmte Milena und Josef mit Tränen in den Augen.

Sie hasteten weiter zur Kontrollstelle des amerikanischen Sektors, erzählten auf Englisch dieselbe Geschichte und erreichten, dass ein amerikanischer Soldat sie in seinem Jeep bis Vímperk mitnahm. Von dort waren es nur noch fünfzehn Kilometer nach Kvilda am Fuß von Rachel und Lusen.

Die Nacht senkte sich über Vímperk. Schwarz lagen die Hügel des Böhmerwaldes um den Ort und feuchtkalter Schatten löste sich aus den Wäldern und legte sich im Tal nieder zur Nacht. Josef und Milena gingen in ein Gasthaus, aßen Bratkartoffeln mit Spiegelei und beratschlagten, wo sie diese Nacht verbringen könnten. Hier in Vímperk konnten sie natürlich nicht die Geschichte von der sterbenden Großmutter in Kvilda verbreiten, jeder kannte jeden und niemand hätte die Sterbende gekannt. Als sudetendeutsche Flüchtlinge, die nach Bayern wollten, konnten sie sich auch nicht ausgeben, dazu waren sie zu elegant angezogen und führten nur eine Aktentasche mit sich, außerdem wurden die Deutschen in Sammeltransporten über die Grenze geschickt. Ihrem Ausweis nach waren sie Tschechen. Warum sollten Tschechen nach Bayern fliehen wollen, doch nur, wenn sie politisch etwas auf dem Kerbholz hatten.

Von den Einheimischen in der Wirtsstube hörten sie, dass die tschechischen Soldaten im umliegenden Grenzwald Hetzjagd auf versteckte SS-Leute machten und auch nächtliche Hausrazzien seien in den Dörfern zu erwarten. Josef und Milena schauten sich an, tranken ihr

Bier aus und verließen die Gaststube unter den lauernden Blicken der Stammtischsitzer, die das Paar nicht einschätzen konnten. Vielleicht waren sie vom russischen Geheimdienst? Da hielt man besser den Mund und fragte nicht.

Draußen flüsterte Josef:

»Wir haben keine Chance, wir müssen zurück nach Strakonice.«

»Da schnappen mich mit Sicherheit die tschechischen Soldaten, da kann ich mich auch hier verhaften lassen. Zuvor mache ich jedoch den Versuch, über die Grenze zu kommen. Vielleicht ist es besser, ich gehe allein, Josef, und du gehst zu den Kindern zurück.«

»Ich gehe mit dir, Milena!«

Von diesem Augenblick an diskutierten sie nicht mehr. Sie marschierten wie eine Einheit, hörten, sahen und fühlten wie ein einziger Mensch. Beiden war bewusst, dass sie zusammen in den Tod oder in die Freiheit gingen.

Bei den letzten Häusern am Wald suchten sie ein Versteck für die Nacht. Es war bereits dunkel und sie waren noch nicht tief in das urwaldartige Gestrüpp eingedrungen, da hörten sie näherkommende Schüsse, begleitet von einem Rascheln und Knacken. Sie blieben stehen und horchten, in welche Richtung sie sich davonmachen sollten, da brach aus dem Unterholz ein großes Tier hervor und sprang Josef, der vor Milena stand, an. Es war ein Schäferhund, seine Pfoten ruhten auf Josefs Brust. Kein Laut war zu hören. Josef rührte sich nicht, er schleuderte nur einen vernichtenden Blick in die Augen des Hundes. Der jaulte kurz auf, ließ von Josef ab und verschwand im Dunkeln. Man hörte noch einen scharfkurzen Pfiff und danach in regelmäßigen Abständen Schüsse, die sich entfernten und verloren.

»Das war wohl ein tapferer tschechischer Soldat«,

grinste Josef, »gut, dass er die SS mit Schüssen auf sein Nahen aufmerksam macht!«

Sie blieben an der Stelle, wo sie waren, krochen in einen dichten Himbeerschlag, der noch ein wenig Tageswärme in sich aufbewahrte, legten sich auf ihre Mäntel und wachten. Keiner schlief. Josef hatte eine Hand auf Milenas Brust gelegt und spürte den galoppierenden Herzschlag, der Milena nicht zur Ruhe kommen ließ. Und Josef überfluteten die Bilder von seinen Mädchen und immer wieder musste er sich die eine Frage stellen:

»Hätte es keine andere Lösung gegeben, als sie zurückzulassen?«

Sie quälten sich die ganze Nacht und erwarteten die Morgendämmerung des neuen Tages, in der sie sich wieder bewegen konnten.

Es war Freitag, der 11. Mai. Um sechs Uhr früh hörten und sahen sie durch das Unterholz tschechische Militärlastwagen die Straße von der Grenze in Richtung Vímperk fahren.

»Die tapferen Soldaten werden eingesammelt«, sagte Josef, »jetzt können wir los. Wir gehen parallel zur Straße im Wald.«

Farn, Brombeer- und Himbeerstrauchgewirr, Büsche und verfaulende Äste bedeckten den Waldboden und sie kamen nur langsam voran. Schon längst hatte Milena ihre Seidenstrümpfe ausgezogen und die Dornen, Äste und Steine ritzten in ihre nackten Beine. Von den festen Lederschuhen bekam sie wunde Stellen an ihren Füßen, die sich entzündeten, nässten und eiterten. Sie kühlte ihre Füße in jedem Bach, den sie erreichten. Doch dann musste sie wieder in die starren Schuhe schlüpfen, die von ihrem Blut nicht weicher wurden.

Es war gegen Mittag und der Ort Kvilda musste nicht mehr weit sein. Sie hatten noch nichts gegessen und überlegten, ob sie im Ort in einem Geschäft ohne Lebensmittelmarken etwas kaufen oder besser in einem abgelegenem Haus etwas erbetteln sollten, da tauchten unvermutet wie Gespenster vier Menschen aus einem Hohlweg vor ihnen auf. Wie auf ein Kommando blieben alle stehen, starrten sich an und versuchten sich einzuschätzen. Josef reagierte als Erster und sagte:

»Wir sind Menschen auf der Flucht, lasst uns keine Angst voreinander haben.«

Da lösten sich wie auf einer Bühne die Menschen aus ihrer zeitweiligen Erstarrung und gingen aufeinander zu. Das Mädchen war noch sehr jung. Sie war Tschechin und die Freundin eines jungen Deutschen. Die anderen zwei Männer gingen in SS-Uniform. Sie teilten Essen und Informationen, dann trennten sich ihre Wege wieder. Der jüngere der beiden Männer in schwarzer Uniform lief Josef nach und fragte ihn, ob er nicht ein Hemd, einen Pullover hätte, damit er die verräterische Uniformjacke wegwerfen könne. Josef sah ihm in die grauen, ängstlich hin und her flitzenden Augen und sagte:

»Die schwarze SS-Tünche werden Sie nie mehr von Ihrer Seele abwaschen können. Vielleicht finden Sie Erbarmen, wenn Sie jeden Tag bis an Ihr Lebensende um Vergebung bitten«.

Josef und Milena setzten ihren Weg fort, da hörten sie schon die Hähne von Kvilda krähen. Sie gingen auf ein Haus zu, das außerhalb des Ortskerns lag. In einem ordentlich angelegten Gemüsegarten vor dem Haus keimte und wuchs alles, was eine Familie das Jahr über benötigte und links vom Haus war inmitten eines Obstgartens ein kleiner Ententeich angelegt. Kurz bevor sie an die Tür klopfen wollten, hörten sie deutsche Worte und schon öffnete sich die Tür und eine kleine rundliche Frau in Schürze und Kopftuch trat heraus. In seinem akzentfreien Deutsch bat Josef um Wasser und sie wurden in die Küche gelassen. Milena erkundigte sich nach dem Förster im Dorf, den sie einmal im Jagdrevier ihres Vaters getroffen hatte und von dem sie meinte, dass er ihnen über die Grenze helfen könnte. Doch die Deutschen rieten ab.

»Gehen Sie nicht zum Kratochvil, der ist ein fanatischer Patriot, beherbergt auch Soldaten in seinem Haus.«

Sie selbst kannten den Weg über die Grenze sehr genau, hatten schon vor ein paar Tagen ihre Kinder ins Bayerische gebracht und warteten nun auf den Transport, der sie mit ihrem Hausrat nachbringen sollte. Der Mann, ein Glashüttenarbeiter, fertigte für sie eine genaue Wegskizze an, zeichnete darin den Punkt ein, an dem sie die junge, reißende Moldau überqueren und wo sie über die Landstraße wechseln konnten. Josef und Milena bekamen noch Pellkartoffeln und gestockte Milch als Stärkung vorgesetzt und den Rat, sich bis vier Uhr früh im oberen Grenzwald zu verstecken und dann erst den Übergang zwischen Rachel und Lusen zu wagen.

Am späten Nachmittag brachen sie auf, vertrauten auf die Aussagen und die Wegskizze des Glashüttenarbeiters, fanden alles so vor, wie er es beschrieben hatte, außer der Mühsal sich im Unterholz den Weg nach oben zu bahnen. Nachdem sie in der Dunkelheit zwischen zwei Patrouillen die Landstraße überquert hatten, fanden sie im Ufermoos eines kleinen Rinnsals ihr Nachtlager. In dieser Nacht fing es zu regnen an und Nebel verhüllte den Bergwald, als sie sich in der nasskalten Morgendämmerung des 12. Mai zur Grenze aufmachten. Ohne den genauen Wegeplan hätten sie es nicht geschafft und nach genau vier Stunden Aufstieg kamen sie am bayerischen Grenzstein an, der in ihrer Karte eingezeichnet war. Sie fielen vor ihm wie vor einem Altar auf die Knie, betasteten ihn. Josef schaute dabei ins Bayerische hinein und flüsterte, »wir haben es heil geschafft!« Doch Milena schaute ins Böhmische zurück und summte »Kde domov můj - wo ist meine Heimat, mein Zuhaus«.

Die Kinder

12.-22. Mai 1945

Es war Samstagnachmittag, ein strahlender, vorsommerlicher Maientag. Im Garten explodierten die Farben, die Luft durchkreuzten übermütige Schwalben und das Licht des Himmels schaute in sanfter, blauer Güte auf das vom deutschen Protektorat befreite Böhmen.

Pavla Polaček saß im Wohnzimmer, das durch den vorgebauten Wintergarten immer kühl und dunkel war und trank Kaffee. Sie saß in ihrem Elternhaus, im bequemen Sessel ihres Vaters, in dem er sich stundenlang der Zeitungslektüre hingegeben und aus dem er wie ex cathedra seine Ansichten, Analysen und Kommentare zur Weltlage verbreitet hatte. Pavla oder Pa, wie sie in der Familie genannt wurde, hatte im letzten Jahr, in dem sie wieder im Elternhaus lebte, bemerkt, wie sehr ihr Vater noch den Universitätsbetrieb vermisste. Und seit, durch die Umstände der Besetzung und des Krieges, seine ehemaligen Studenten und Kollegen ihn nicht mehr besuchen kamen, saß Professor Drapák allein, laut vor sich hindenkend und formulierend, in seinem Sessel und verfolgte seine Frau und seine Tochter, wenn sie das Wohnzimmer durchschritten, mit seinen politischen Vorlesungen.

Seit Anfang Mai war es still geworden im Wohnzimmer. Der Vater lag fast zeitgleich mit der tschechischen Revolution, die er keine Revolution, sondern eine späte, feige Muttat nannte, mit einer Herzentzündung oben im Bett. Seine Frau war bei ihm und verließ nur selten das Krankenzimmer. Ab und zu lag ihre Mutter Pa in den Ohren:

»Er hat schon wieder nach Milena und den Kindern gefragt, ruf sie an, damit sie herkommen!«

Doch schon beim Hören des Namens ihrer Schwester Milena verkrampfte und versteinerte sich das Herz von Pa. Immer war das Glück auf Milenas Seite gewesen. Das Schicksal und der Vater liebten die einzigartige Milena. Nun wollte Pa sie aussperren, sie nicht ins Elternhaus einlassen, sie nicht vom Vater Abschied nehmen lassen. Plötzlich und unerwartet sollte sie von diesem Schlag getroffen werden, so wie sie damals selbst getroffen worden war.

So saß sie in Trauer, schmal und erstarrt und ganz in Schwarz gekleidet allein im Wohnzimmer. Da hörte sie das Quietschen der Gartentür und das Knirschen des Kieses von unregelmäßigen Schritten und noch bevor sie aufstehen und zum Fenster hinausschauen konnte, klopfte es an der Eingangstür. Pa fühlte sich jetzt schon von dem Eindringling verletzt, in ihrer unbewegten Trauer gestört und in ihren immer gleichen Gedanken unterbrochen. Trotzdem stand sie auf und öffnete die Haustür.

Sie starrte auf zwei fuchsrote Köpfchen herunter, in vier strahlendblaue Augen hinein.

»Tante Pa!« rief Olga und fing bereits zu plappern an, wollte ihrer Tante von all dem erzählen, was sie heute während der Bahnfahrt schon gesehen hatte. Von hinten verschloss Anča ihren Mund.

»Dürfen wir hereinkommen, Frau Polaček?« sprach das Kindermädchen die völlig Verwirrte an.

Pa führte die drei Besucher in ihr Zimmer, das abseits lag und aus dem kein Geräusch in die obere Etage dringen konnte. Dennoch ermahnte sie sogleich die Kinder nicht zu sprechen. Anča versetzte es einen Stich in ihr Herz, dass die Tante der Kinder ihre zwei süßen Nichten zur Begrüßung nicht umarmte und herzte. Sie saß, die Kinder neben sich, auf dem Sofa und schaute, nun auch verwirrt, die abweisende Frau an. Tante Pa nahm nicht Platz, sie stand schmal und erstarrt und ganz in Schwarz gekleidet vor ihnen.

»Was gibt's?« fragte sie kurz.

Pro Krista Pána! Mein Gott, was gibt's! Dem jungen Kindermädchen schoss die vergangene Woche, die dramatischen Ereignisse, die Russen, die Fragen der Kinder, ihr Verlobter und die nicht vorhandenen Lebensmittelmarken und Dokumente für die Kinder wie Blitze in ihrem Kopf herum. Vor allem ihr Verlobter hatte sie gedrängt, die zur Zeit elternlosen Kleinkinder in die Obhut der Großeltern zu bringen. Nun war sie da. Sollte sich die Familie um die Kinder kümmern, bis die Eltern wieder zurück waren! Hier waren sie, hier war der Koffer, hier der Teddybär von Hannah, ohne den sie nicht schlafen konnte, und hier die Medizin, die beide noch einnehmen mussten. Lebt wohl, Kinder, Gott behüte euch und Anča verschwand aus dem Leben von Olga und Hannah.

Pa hörte ihre Mutter im Haus rufen und gleichzeitig hörten es auch die Kinder. Die vorlaute Olga rief sofort mit ihrer hohen Kinderstimme, »Babička!« und lief zur Tür hinaus, direkt in ihre Großmutter hinein, die sie beinahe umwarf.

»Ježíšmarjá, die Kinder!«

Seit Beginn des Einmarsches der Deutschen häuften sich die Sorgen in dieser Familie. Alle Familienmitglieder hatten ihre Stellung verloren, Josef Hauser wurde verhaftet, Milena arbeitete für die Deutschen, David Polaček und die 13-jährige Sarah kamen nicht mehr aus Theresienstadt zurück und Václav wagte sich im Untergrund ständig an die Grenze zum Tod. Jetzt endlich schien die Gefahr vorbei und nun waren Josef und Milena verschwunden und hatten ihre Kinder zurückgelassen. Und Großvater lag zum Sterben bereit in seinem Bett.

Die Großmutter hatte keine Kräfte mehr. Sie überließ alle Entscheidungen Pa, die sofort sagte, die Kinder könnten nicht im Haus, nicht in ihrer Nähe bleiben. Sollte sie das Heranwachsen und Gedeihen der Kinder ihrer Schwester mitansehen, während Sarah, ihr eigenes Kind, nicht mehr lebte, nicht mehr wuchs und sie nicht mehr anlächelte?

Pa sperrte sich in ihr Zimmer ein, sperrte sich selbst aus von der Liebe, von der Unschuld, von der Zukunft. Sie konnte nur nach rückwärts schauen und die Erinnerung verwandelte sie zu Stein.

Ein paar Stunden am Tag kümmerte sich die Köchin Majka um die Kinder, manchmal brachte sie ihre fast erwachsene Tochter mit, die Olga und Hannah dann spazieren führte. Im Haus durften sie nicht laut sein, nicht toben, nicht rennen. Ihre Großmutter sahen die Kinder nur zum Essen, das schweigend eingenommen wurde und wenn die Großmutter wieder aufstand, um in die obere Etage zu gehen, vergaß sie nie, die Kinder zum Stillsein zu ermahnen. Zum Großvater ans Bett durften sie nicht. Sein Zustand hatte sich durch ein Nierenversagen verschlechtert und als er plötzlich lächelte und sagte, er höre die Stimmen von Olina und Hanni, ließ die Großmutter ihn im Glauben, dass er phantasiere. Das Auftauchen der Kinder und das Verschwinden von Milena und Josef wären eine zu große Aufregung für ihn. Er musste geschont werden.

Eine Woche benötigte Pa zur Organisation. Im Osten des Landes, weit weg in den rauen Karpaten, fand sie ein Waisenhaus, das durch Flucht, Krieg und Tod zerstreute Kinder aufnahm. Sie packte den braunen Koffer der Kinder, drückte Hannah ihren Teddybär in den Arm, verbat Olga das Reden und marschierte schweigend mit ihnen aus dem Haus zum Bahnhof.

Hannah stand am Fenster des Abteils, ihre Augen reichten gerade über das Fenstertischchen hinweg, an dem sie sich mit beiden Händen festhielt. Sie konnte nach draußen blicken. Der Zug beschleunigte allmählich seine Fahrt, die steingrauen Häuserreihen, die ziegelroten Fabrikgebäude, die Autos, die eleganten Prager, die stoischen Brauereipferde blieben zurück, alles hörte auf zu sein und ging über in flaches Land. Hannah stand am Fenster, sah und nahm alles in sich auf.

Was verstand sie? Sie verstand, dass sie bei den Großeltern in der Nähe von Prag gewesen waren, dass Großvater krank war und dass die Großmutter sich nicht ans Klavier gesetzt und mit ihnen gesungen hatte. Auch abends hatte sie nicht am Bett der Kinder Märchen vorgelesen. Sie musste ja beim kranken Großvater sitzen. Hannah hatte es erlebt, verstanden hatte sie nicht, warum es jetzt im Haus der Großeltern so anders zugegangen war. Auch hatte Hannah Tante Pa gesehen, wie sie schmal und erstarrt und ganz in Schwarz gekleidet für kurze Zeit aus ihrem Zimmer kam, um sich danach wieder einzusperren. Jedes Mal erschrak Hannah, wenn sie das metallene Knirschen des sich im Schloss herumdrehenden Schlüssels hörte. Und sie lief weg, wenn Tante Pa sich ihr näherte.

In den Erzählungen der maminka war eine andere Pa vorgekommen und auch Olga erinnerte sich an eine Tante, die mit ihrer großen Tochter nach S. gekommen war, lachend und hell gekleidet. Auch die Buben von Onkel Vašek waren da. Sarah war die Älteste und Hannah gerade geboren. Sarah spielte mit ihren Cousins und ihrem Cousinchen Olga am Fluss, sie saßen in der Hocke und platschten Steine über das Wasser, sie versprach den Kindern, ihnen Schwimmen beizubringen, später im Jahr, wenn das Wasser wärmer wurde. Sie kehrte nie mehr zurück.

Hannah stand am Fenster des Abteils, ihr Kinn lag auf dem Fenstertischchen, sie schaute in den fliehenden Himmel und verstand nicht, wohin der Zug sie brachte. Zu maminka und táta? In der linken Armbeuge klemmte ihr Teddy, den sie fest an ihr Herz drückte. Sie drehte ihren Kopf und sah auf Tante Pa. Sie saß schwarz und aufrecht und hatte ihre Augen geschlossen. Aber sie schlief nicht, sie wollte nur nichts von der Welt sehen. Dunkler Schatten und hell explodierende Lichtstrahlen wechselten sich auf ihrem Gesicht ab. Hannah sah, wie sich die Welt draußen auf Tante Pas Gesicht wiederfand.

Der Zug hielt und fuhr, hielt und fuhr. Einen ganzen Tag waren sie gefahren, hatten gegessen und geschwiegen und aus dem Fenster geschaut. Es war beinahe schon dunkel, als Tante Pa aufstand, nach dem Koffer der Kinder und ihrer eigenen Tasche griff und kurz angebunden sagte:

»Kommt, hier steigen wir aus!«

Sie bohrte der kleinen Hannah ihren gekrümmten Zeigefinger in den Rücken und dirigierte sie vor sich her. An der hohen Waggontür fasste ein fremder Mann Hannah um die Taille und sie flog in hohem Bogen auf den Bahnsteig. Olga kletterte allein, mit dem Gesäß voran, die hohen Waggonstufen hinunter.

Sie waren noch nicht am Ziel. Tante Pa schob und trieb die Kinder vor sich her. Sie durchquerten die Bahnhofshalle und gingen über den Bahnhofsplatz auf ein düster dastehendes Hotel zu. Hannah taumelte vor Müdigkeit und hielt sich an Olga fest, die sich aber vom Zerren der kleinen Schwester befreite und als Erste durch die gläserne Drehtür wirbelte. Sie nahmen zusammen ein Doppelzimmer. Hannah und Olga schliefen in einem Bett und die Tante in dem anderen.

»Zieht euch aus!«

Tante Pa überließ die Kinder sich selbst. Sie mied jedes Anfassen, jeden Körperkontakt, als ob sie Ekel vor den Kindern ihrer Schwester empfinden würde. So half Olga der kleinen Hannah beim Ablegen ihrer Kleidung. Plötzlich kippte Hannah, sei es aus Müdigkeit oder weil sie mit dieser Welt nichts mehr zu tun haben wollte, wie ein lebloses Ding auf den Fußboden. Olga schaute hilfesuchend auf die Tante, doch die rührte sich nicht, lag schmal und erstarrt und schwarz gekleidet auf ihrem Bett und hatte ihre Augen geschlossen. Irgendwie gelang es Olga die ohnmächtige Hannah aufs Bett zu ziehen, sie legte sich daneben und deckte sich und Hannah mit einer Decke zu. In der Dunkelheit kamen Olga stumme Tränen, weil die Tante weder mit ihnen betete, noch sie zur Nacht küsste.

Am nächsten Morgen weckte sie die Stimme von Tante Pa.

»Kommt, steht auf, wir müssen weiter!«

Und wieder half sie ihnen nicht beim Anziehen. Beide Kinder waren sehr erstaunt, sich nicht waschen zu müssen, das hatten sie bisher in ihrem Leben noch nicht gekannt.

Sie fuhren weiter nach Osten, durch schon sommertrockene Weizenebenen und grüne Gurken- und Maisfelder. Dreimal mussten sie umsteigen, die Züge wurden langsamer und asthmatischer, die Sitzbänke härter und schmutziger, das Land karger und schroffer, bis sie endlich an ihrem Zielort in J. angekommen waren. Der Bahnhof des kleinen Städtchens lag außerhalb. Sie hätten zwei Kilometer laufen müssen, hätte sich nicht ein Mann erbarmt und die Kinder, den Koffer und die Tasche in den zweirädrigen Anhänger seines Fahrrades geladen. Er schob das Rad, die Tante ging neben ihm.

»Zum Waisenhaus?« fragte der gutherzige Mann. »Ja, haben die Kleinen keine Eltern, keine Verwandten mehr?«

»Nein, sie haben keine Eltern und keine Verwandten!« beendete Pa scharf das sich anbahnende Gespräch und ging schweigend neben dem Fahrrad einher. Vor dem Waisenhaus verabschiedete sich der fremde Mann mit einem Kuss auf die Stirn von den kleinen Mädchen, schenkte jedem noch eine Geldmünze und murmelte »Gott möge sich eurer erbarmen«.

Olga schielte an der grauen Fassade hoch. Drei Fensterreihen übereinander schauten dunkel zurück, kein Fenster war geöffnet, keine Kinder zeigten sich. Über ihren Köpfen, über dem Hauseingang hingen zwei schlaffe Fahnen, später erst erfuhr Olga, dass die weißrotblaue die tschechische und die blutrote die sowjetische Fahne war. Tante Pa läutete und sie hörten eine schrille Glocke im Haus hallen. Dann öffnete sich die Tür.

Eine Frau mit großer schwarzer Hornbrille im blassen Gesicht stand im Türrahmen. Ihr Alter war schlecht einzuschätzen, sie war weder alt noch jung. Sie musterte die Ankommenden neugierig und hatte dabei ihren Kopf schräg zur Schulter gezogen, was die Folge einer Verkürzung ihres Halsmuskels war.

»Da sind sie also die Hauser-Mädchen«, sagte sie. »Wie klein sie noch sind! Kommen Sie in das Büro, Frau Polaček, die Leiterin erwartet Sie schon.«

Und zu den Mädchen gewandt sagte sie:

»Ich bin die teta, nennt mich einfach nur Tante.«

Wieder eine Tante, wenn das kein schlechtes Omen war? Vor dem Büro trennte sich Tante Pa von ihren Nichten.

»Hier werdet ihr auf maminka und táta warten, seid brav!«

Und sie verschwand aus dem Leben der Kinder.

Olga nahm als Erwachsene überraschend Kontakt mit ihrer Tante auf, sprach aber nie über die Waisenhauszeit mit ihr. Für Hannah dagegen existierte Tante Pa nicht mehr, nie mehr wollte sie diese Frau wiedersehen, obwohl das Schicksal Tante Pa sehr lange Zeit ließ, um Verzeihung zu bitten.

Im Waisenhaus

1945/46

In einem Waisenhaus muss Ordnung herrschen! Sie wird immer aufrecht erhalten, in Kriegszeiten, wie in Friedenszeiten.

Das Waisenhaus, in dem Olga und Hannah nun verwahrt lebten, hatte keinen christlichen Namen, es hieß weder ›Zum Hl. Franziskus‹, noch ›Zur Hl. Genoveva‹ oder ›Zu den Tränen Jesu‹. Es hieß einfach Waisenhaus an der Schulstraße. Hundert Meter weiter, durch einen Bach und eine Grünfläche getrennt, befand sich die Volksschule. Jeden Morgen formierten sich die Schulkinder hinter der Tür des Waisenhauses und erst, wenn sie ordentlich ausgerichtet standen, riss die teta die Haustür auf und ließ den Zug der Waisenkinder im Gleichschritt auf die Straße treten. Seht, da kommen die ordentlichen Waisenhauskinder, sagten dann die Menschen im Ort.

Die Ordnung war das Gebet des Waisenhauses. Es wurde verrichtet im Schlafsaal, auf den Gängen, im Esssaal, im Park. Nur ein paar freie Augenblicke, beim Spielen im Garten waren von der Ordnung ausgenommen. Ansonsten galt: im Schlafsaal nicht sprechen, nicht weinen, tagsüber nicht in den Schlafsaal gehen, sich nicht auf den Gängen aufhalten. Die Gänge hatte man nur in der Gruppe, jeweils zu zweit, vom Schlafsaal zum Waschraum, zum Esssaal oder zur Haustür zu betreten.

Schon das Aufstellen zu zweit kennzeichnete die Gesetze, die im Waisenhaus herrschten. Vorneweg, nebeneinander die Ältesten und Starken, die, die immer und überall überleben und ihre Kraft im Drangsalieren der Schwächeren finden. Mit Hannah, dem jüngsten Kind im Waisenhaus, wollte sich niemand in der Zweierreihe aufstellen. Sie selbst stellte sich neben ihre Schwester, doch Olga ging weg und stellte sich neben einen größeren Jungen, da stellte sich auch Hannah neben einen Älteren, der schubste sie voll Verachtung aus der Reihe. Dann stellte sich Hannah einfach hinten an, allein. Eines Tages stand plötzlich der achtjährige Pepík neben ihr in der letzten Reihe und von da an gingen sie immer zusammen. Pepík war krank. Er hatte den Husten und niemand duldete ihn neben sich.

Insgesamt beherbergte das Waisenhaus etwa vierzig Kinder im Alter von zwei bis zehn Jahren. Die Großen hielten keine der Ordnungen ein, zwangen aber die Kleineren zu deren strikter Einhaltung. Indem die Großen die Kleinen herumkommandierten, fanden sie darin das Ventil für ihre Angst und Verzweiflung und für die Ungeheuerlichkeit ohne den Halt und die Wärme von Eltern leben zu müssen.

Im Haus durfte niemand rennen. Trotzdem wurden die Kleinen und vor allem Hannah, die Kleinste, immer absichtlich umgerannt, bis sie es gelernt hatte, die Horde schon von weitem zu hören und sich behende in Sicherheit zu bringen. In den Betten durfte nicht mehr gesprochen, nicht geweint und nicht mit den Zähnen geklappert werden. Wie tot sollten sie daliegen, kindliche Leichname in feuchten Bettgräbern, unter schweren, kratzenden, grauen Wolldecken, gespendet von den Bürgern des Orts und am Morgen sollten sie fröhlich wie Kinder diesem Nachtgrab entsteigen.

Schon nach kurzer Zeit wollte Hannah nur noch in ihrem Bettgrab verbleiben. Die teta aber schmiss sie raus. Hannah wurde immer apathischer. Sie hatte keine Kraft, um ihr Essen zu kämpfen. Frühstück, Mittagessen und Nachtmahl wurden jedem Kind vorgesetzt, doch von den Großen wurde Hannah Brot geraubt, die seltenen Fleischstücke von ihrem Teller entwendet, die Schale mit dem Pudding weggerissen und die Kirschen aus dem Grießbrei gefischt. Sie hatte keine Chance. Sie war zwei Jahre und vier Monate alt, als sie dieses neue Leben kennenlernte.

Die Vorderfront des zementgrau verputzten Waisenhauses schaute auf die Schulstraße. Durch den Haupteingang betraten oder verließen die Kinder das Haus nur in wohlgeordneter Formation entweder zum gemeinsamen Schulgang oder zu besonderen Anlässen, ansonsten war die Pforte im Hof auf der Rückseite des Gebäudes zu benützen. Ohne Erlaubnis durfte kein Kind das Grundstück verlassen. Am Gürtel der teta hing ein Täschchen und darin wurden die Schlüssel der Haustür und der Pforte aufbewahrt, die immer abgesperrt waren. An dem hohen Eisenzaun mit seinen speergeformten Spitzen durfte man auch nicht hochklettern. Die Aufsicht der Kinder unterlag der teta und unterstützt wurde sie dabei von drei besonders dafür ausgewählten Großen, welche die Herde wie Hirtenhunde umzingelten und anbellten.

In einem Waisenhaus muss Ordnung herrschen!

Die Leiterin, Frau Straka, hielt sich in ihren zwei Räumen im Erdgeschoss auf und die Kinder bekamen sie selten zu Gesicht. Ein Zimmer war als Wohn- und Arbeitszimmer eingerichtet, in dem ihr auch die Mahlzeiten serviert wurden, im anderen schlief sie. Frau Straka war unverheiratet, die angeborene Enge in ihrem Herzen versüßte sie mit Likör. Dann so schien es, hellte sich sogar für kurze Zeit die Stumpfheit ihrer Haut auf. Aber Likör ist keine ausreichende Lebenserfüllung und die Sorge um ihre Waisen füllte Frau Straka nur rechnerisch aus. Sie war eine gute Buchhalterin und Verwalterin.

Die Fenster ihres Büros gingen auf den Hof und Garten hinaus und von ihrem Schreibtisch aus konnte sie jederzeit einen Blick auf ihre Zöglinge werfen, bis auf Hannah, die gewöhnlich auf den Steinstufen zum Hof und somit im toten Winkel zu den Bürofenstern saß. Frau Straka beobachtete Äußerlichkeiten, welches Schuhwerk hatten die Kinder an, wer war aus den geschenkten Sachen herausgewachsen, welches Kind benahm sich grob, wer verstieß gegen die Regeln, wer hing schon wieder am Eisenzaun, wessen Haare waren nicht ordentlich. Unter den Kindern hatte sie keinen Liebling, ganz gerecht verteilte sie ihre Aufmerksamkeit. Dem Wesen und den Seelen der Kinder konnte sie sich nicht zuwenden, rein rechnerisch sagte sie sich:

»Um vierzig Dinge kann ich mich kümmern, aber nicht um vierzig Kinderherzen!«

Wenn sie in ihrem Büro arbeitete, sah und hörte sie gar nicht das Gewinsel, Gezeter und Geweine. Sie schaltete auch ihr Gehör ab, als Hannah mit dem Moment, da die Tür hinter Tante Pa, der letzten Verbindung zu ihrer alten Welt, zufiel, zu schreien begann. Es war ein animalisches Brüllen. Sie hatte keine Herrschaft mehr über sich, es brüllte aus ihr heraus. Hannah hätte sich nicht anders äußern können, nicht anders vom Verlust der Menschen, dem Zusammenbruch ihres Zuhauses und dem Aufhören ihres Wachsens mitteilen können. Olga bekam Angst und rannte davon, die teta versuchte das außer sich geratene Kind zu beruhigen, die anderen Kinder wurden von dem Geschrei angezogen, umstanden mit dumpfen, gleichgültigen Gesichtern die Neue.

Hannah hörte nicht zu schreien auf, tagelang brüllte sie. Zuerst versuchte die teta mit Tröstungen, mit Versprechungen und Erklärungen das Kind zu beruhigen, aber als das nichts half, ging sie zur Bestrafung über. Sie ließ die weinende Hannah so lange alleine mit dem Gesicht zur weißen Wand stehen, bis sie nicht mehr konnte und ohnmächtig wurde. Sie setzte die Schreiende beim Essen allein an einen kleinen Tisch in der Ecke mit dem Rücken zu den anderen Kindern und aus dem Schlafsaal, aus ihrem Bett neben ihrer Schwester, wurde Hannah fortgebracht und allein über Nacht in einem Kämmerchen eingesperrt.

»Da kannst du brüllen!«

Als Bestrafung an der Wand zu stehen, war für Hannah besonders Furcht einflößend. Winzig stand sie davor, starrte in das Weiß der Wand, die immer größer und unheimlicher anwuchs, bis sie endlich über ihr zusammenbrach und Hannah ohnmächtig wurde. So fingen die häufigen Ohnmachtsanfälle bei Hannah an. Das Brüllen hörte auf.

Später erzählte Hannah ihren Eltern, dass sie sich an keine Schläge erinnern könne, obwohl sie sicher sei, im Waisenhaus auch geschlagen worden zu sein.

Die fast vierjährige Olga litt scheinbar nicht unter den

Verhältnissen im Waisenhaus. Am Tage schien sie glücklich, kämpfte um ihren Platz in der Kindergruppe, rannte Aufmerksamkeit heischend den Großen nach und schnappte von ihnen Flüche und Schimpfwörter auf. Sie imponierte ihnen durch verbotenes Klettern am Zaun, durch verbotenes Abreißen von Blumenköpfen und durch verbotenes Pipi machen im Garten.

Hannah saß auf der obersten Treppenstufe und beobachtete wie ihre Schwester mit drei Großen am Rande des Sandkastens in der Hocke saß. Plötzlich zog sie ihr Höschen nach unten und schäumte in den Sand hinein und sie sah, wie die drei Buben in den Sand pissten, dass die Sandkörner hartstrahlig davonspritzten. Danach hockten die vier eng beieinander und Hannah sah aus der Ferne, wie nacheinander ein schmutziger Bubenfinger unter Olgas Röckchen verschwand. Olga hielt still, doch plötzlich sprang sie auf, riss ihr Höschen von den Fersen nach oben und rannte, ohne Hannah zu sehen, an ihr vorbei ins Haus hinein.

Im ersten Jahr musste Hannah bei den fast täglich durchgeführten Spaziergängen zu Hause bleiben. Nur wenn das Ziel der große Spielplatz mit Schaukel im nahen Park war, wurde sie von der teta mitgenommen. Dann sah sie fremde Bäume, einen fremden Bach und fremde Menschen. Sie erlebte, wie einige Kinder aus ihrer Waisenhausgruppe auf dem Spielplatz zu wildfremden Frauen und Männern rannten, sich an sie hängten und bettelten bei ihnen bleiben zu dürfen. Alle sehnten sich nach Eltern, alle warteten auf ihre Eltern, doch nie wurde ein Kind abgeholt.

An Weihnachten wurden die Waisen an einer langen mit Tannenzweigen geschmückten Tafel im Pfarrhaus ausgestellt und angeboten. Mit an den Tisch wurden Bürger des Ortes, Lehrer, Geschäftsfrauen, Kleinfabrikbesitzer und Handwerkerehefrauen geladen. Jeder brachte ein Geschenk für die armen Waisen mit. In seiner Ansprache redete der Pfarrer von Herbergssuche und der Liebe, die an Weihnachten in allen Menschenherzen geboren würde. Aber am Ende verschwanden die Waisenhauskinder wieder vollzählig aus dem Pfarrhaus. Für keines der Kinder hatte sich ein Nest gefunden.

»Man kann sich so schlecht an fremde Kinder gewöhnen«, sagte die Frau des Bürgermeisters und lächelte entschuldigend.

Der Himmel über dem Waisenhaus, in den die Kinder oft so sehnsüchtig starrten, hatte sich verändert. Nach den trockenen Sommermonaten mit seinem wolkenlos blauen Himmel, der in seiner Unbewegtheit die Ewigkeit zu enthalten schien, und der reinen Luft, in der die Berge schärfer am Horizont hervortraten, setzte schlagartig der kalte russische Wind ein, zerfetzte den Himmel, beutelte die Natur und blies Regen aus den Wolken. Und bald wurde es kalt und klamm im Waisenhaus. Erkältung, Fieber, Husten und Mandelentzündung hängten sich in den Kinderkörpern fest. Den lungenkranken Pepík erwischte es am schlimmsten. Er glühte und wärmte mit seiner Glut Hannah, zu der er ins kalte Bett gekrochen kam. Leise sang er ihr Volkslieder ins Ohr, die er in der Schule gelernt hatte, bis Hannah aufhörte mit den Zähnen zu klappern und einschlief. Sein Husten wurde schlimmer, er fand zum Singen keinen Atem mehr, aber sein Körper durchwärmte weiter das eisige Eisenbett der kleinen Hannah. Eines kalten Tages, es lag schon Schnee, wurde Pepík in einem weißen Kastenwagen der Ambulanz fortgebracht. Er kam nicht mehr zurück. Innerlich schrie es in Hannah von da an nach Pepík. Auch wenn die teta ihr nach einiger Zeit sagte, Pepík gehe es gut, er müsse nicht mehr leiden und sei bei seinen Eltern angekommen, so verstand Hannah doch nur, dass wieder ein Mensch sie verlassen hatte.

Frau Straka registrierte in ihrer Buchhaltung einen Esser weniger. Gott sei Dank hatte sich kein anderes Kind angesteckt.

In München

1945/46

Sie hätten es wissen müssen.

Josef und Milena hatten einen Fehler begangen, einen kardinalen, nicht wiedergutzumachenden Fehler. Es war Ende Juli 1945. Sie waren in München, der Hauptstadt der Bewegung, wie es erstaunlicherweise immer noch auf ihrem Zuzugsformular hieß, angekommen und hatten ein Zimmer in der Pension Flora in der Karlstraße zugewiesen bekommen.

Um sie herum Steinsgetrümmer, Staub, bizarre Restkörper, Kraterstraßen. Die Menschen glichen Traumfiguren, sie bewegten sich lautlos, widerstandslos und gewichtlos. So still erschüttert, den Blick auf den Boden rundum geheftet, um ja keine Zigarettenkippe zu übersehen, schlichen die Menschen durch die Trümmerstadt. Ihre Gesichter waren staubgrau zugeweht. Zwischen den Hausruinen flogen die Tauben und geisterten die Seelen, die vom Bombentod überrascht worden waren. Sie waren auf der Suche nach einem Menschenkörper und ließen sich wie die Zecken fallen, wenn so eine lautlose, widerstandslose und gewichtlose Menschengestalt vorbeikam. So wie man sich bei Bombenalarm und Bombenhagel abgeschottet, die Kraft auf den innersten Kern des Menschseins konzentriert hatte, so verharrten die meisten weiter in sich und nur so brachen sie beim Anblick der kriegszerstörten Welt und der lagerzerstörten Menschen nicht zusammen. Als Erste äugten dann die Frauen nach außen und ergriffen eine Schaufel. Das Aufräumen begann.

In der Goldenen Stadt Prag waren Josef und Milena vom Krieg verschont geblieben. Außer einem Bombenalarm hatten die Prager keine Kriegsgefahren durchzustehen gehabt. Wie von einer unsichtbaren Wand wurden die Flieger abgehalten und warfen den Tod im Westen, Süden, Norden und Osten des Territoriums von Böhmen ab.

Milena und Josef durchirrten München auf der Suche nach den unzähligen Behördentüren, vor denen sie sich anzustellen hatten. Alles war gut organisiert, sie hatten keinen Tag im Chaos erlebt und Milena bewunderte das Organisationstalent der Deutschen, das sogar während des Weltunterganges arbeitete. Sie dachte daran, dass die Slawen, diese niemals in einer Reihe marschierenden Vagabunden unter diesen Umständen, die sie in München vorfand, ihre Geige genommen und die wehmütigsten und danach die lustigsten Melodien gespielt hätten. Verträumt hätten sie um sich geblickt, auch noch im Weltuntergang fatalistisch scherzend und seufzend. Sie hätten gewartet und nichts wäre passiert.

»Aber die Slawen«, sagte Milena zu Josef, »vergessen nichts. Nach der Schlacht am Weißen Berg vor über dreihundert Jahren, als die Habsburger die tschechischen Rebellen besiegten, vertrieben sie danach die Blüte der tschechischen Nation aus Böhmen, warfen sie zur Sühne aus ihrem eigenen Land. Die Tschechen hätten ohne sich zu verraten noch weitere hundert Jahre warten können, so aber explodierte ihre Erinnerung am 5. Mai 1945.«

Seit die Eltern in München angekommen waren, überfiel sie der Schmerz um ihre Kinder. Allein, ohne ihre Kinder, nur mit ihrem Leben, der Kleidung, die sie anhatten, der Aktentasche mit Körperpflegeartikeln und den wichtigsten Dokumenten waren sie über die böhmisch-bayerische Grenze gegangen. Sie trugen den Geist ihrer Ahnen, ihre eigene Vergangenheit und Zukunft und zusammen drei Doktortitel in ein neues Leben, in ein neues Land hinein. Sie waren zwei Menschen in einer Masse von vierzehn Millionen Fliehenden, die einzeln und in Trecks von Ost nach West ihr Leben zu retten versuchten. Wo ist die Erinnerung, das Mahnmal oder der Friedhof für die zwei Millionen Frauen und Kinder, die auf der Flucht starben? Der Tod dieser Unbekannten ist als Ganzes unvorstellbar, aber der blauäugige Säugling, der an Hungerkrämpfen stirbt, die junge Frau mit dem schönen Gesicht und dem grünen Kopftuch, die von sowjetischen Tieffliegern zerfetzt und der sechsjährige, maulende Junge, der vom Kältetod in der Ostsee geholt wird, müssen auch beweint werden.

Josef und Milena hatten zwar gewusst, dass sie ohne Kleinkinder auf der Flucht größere Chancen besaßen, doch sie hätten ahnen müssen, was dann eintrat. Von der Minute an, da sie im Bett in der Pension Flora in München wieder zu sich, zu ihren Körpern und zur Ruhe fanden, stieg in ihnen die Angst, der Schmerz und die Sehnsucht nach ihren Kindern auf. Das Schicksal hatte sie, nachdem sie den Grenzstein zwischen Rachel und Lusen heil passierten, immer weiter getrieben, hinunter nach Riedlhütte, wo sie ein Nachtquartier und Essen suchten. Abgewiesen, mit bösen Blicken verjagt wurden und immer das gleiche »Wir sind schon voll, wir haben selbst nichts« zu hören bekamen.

»Lass uns noch dort in dem kleinen Hof am Wald fragen«, ermunterte Josef seine Frau, die jetzt mit blutenden Füßen barfuß ging. Und tatsächlich öffnete sich ihnen dort nicht nur der Stall. Eine warmherzige Frau gab ihnen zu essen, ohne dass sie darum betteln mussten.

»Ich habe noch mein Stück Land, mein Haus und meine zehn Kinder«, meinte sie lachend und wie selbstverständlich räumten ihre vier großen Mädchen ihr Zimmer und überließen es dem besitzlosen Paar auf der Flucht. Tagsüber half Milena Rosi bei der Hausarbeit und abends erlernte sie von den Mädchen das Stricken, während ihre Füße in einer Schüssel mit Kamillensud badeten.

Josef machte sich nach Simbach zur Dienststelle des Military Government of Germany auf und kehrte von dort mit einer Identity Card und einer Reiseerlaubnis nach München, die mit dem Vermerk ›may use truck and also train‹ versehen war, zurück. Eine genaue Reisezeit, vom 6. - 10. Juli 1945 war ihnen auferlegt. In dieser Zeitspanne mussten Josef und Milena nach München gelangen.

Der amerikanische Militärvertreter hatte Josef überzeugt, nach München zu ziehen, denn dort bräuchten sie Menschen wie ihn für den Wiederaufbau Deutschlands. Und die Zusammenführung mit ihren zurückgelassenen Kindern könnte von dort aus schneller erfolgen.

So kamen sie nach München. Josef bekam sofort den Ausweis der Vereinigung der Verfolgten des Naziregimes und er las Milena laut vor:

»Der Tod unserer Kameraden sei uns Verpflichtung! Die Verfolgten des Naziregimes sind die Vorkämpfer im Kampf gegen den Faschismus und Militarismus. Der Rote Winkel der ehemaligen politischen Gefangenen muss zum Banner der Völkerverständigung und des Friedens werden!«

Dieser Ausweis öffnete von nun an alle Türen vor Josef, so wie sich in den Jahren zuvor die Türen vor ihm geschlossen hatten.

»Das heilt jetzt meine Seele auch nicht mehr«, sagte er zu Milena.

Sie wusste, dass die Dunkelhaft niemals wieder aus seiner Seele vertrieben werden konnte. Und Milena umfing Josef mit ihren Tollkirschenaugen, hielt ihn mit leidenschaftlichen Armen fest und versuchte ihm das Leben einzuküssen, doch Josef saß, nachdem er alle Behördengänge absolviert hatte, am kleinen Tisch im Pensionszimmer in der Karlstraße, rauchte und rauchte und nahm nichts mehr in seinem Umfeld wahr. Es zog ihn in den freien Fall des Schmerzes um seine Kinder. Leise flüsterte er, Olina, Hannička! Immer wieder. Mehr konnte er nicht sagen, nicht denken. Olina, Hannička!

Sie hätten es wissen müssen.

Da machte sich Milena eines Tages zum Internationalen Roten Kreuz auf. Sie ging durch die Stadt, in den Straßen stand kein heiles Gebäude mehr. In den geborstenen, eingestürzten, entzweigespaltenen Häusern dünstete und liebäugelte noch der Tod, und schon sahen die Vorübergehenden darin Gestalten, die sich wie auf einem Schnürboden in den Ruinen bewegten und einrichteten. Milena ging auf der staubigen, schuttübersäten Straße und versuchte nicht an den Trümmerhaufen emporzuschauen, das Bild der Verwüstung nicht zu sehr mit der Suche nach ihren Kindern verschmelzen zu lassen.

Sie war nicht die Einzige, die nach ihren Kindern und Angehörigen suchte. Dicht gedrängt standen viele Frauen und wenige alte Männer im Gebäude vor ihr in der Schlange. Sie schaute auf die hungrigen Rücken, sah fahrige Arme beim Sprechen aufgeregt gestikulieren und hörte den weinenden Stimmen zu, was sie zu erzählen hatten. Dabei zwängte sich Milena in der Menschenmenge immer weiter nach vorne, bis sie am Tresen vor einem Beamten stand.

Die Rotkreuzleute waren alle von dem Leid der Flüchtlinge überfordert und dementsprechend abweisend. Nervös blätterten sie in Listen, überflogen Namenskolonnen, sprangen mit müden Augen von Seite zu Seite. Diese Sucharbeit machten sie jeden Tag und nur selten fanden sie einen der gesuchten Namen.

Milena verlangte sofort mit fester Stimme den Leiter zu sprechen und irgendwie schaffte sie es, ins Büro des Chefs vorgelassen zu werden. Noch an der Tür stehend schätzte sie den Mann am Schreibtisch ein und deponierte, während sie sich setzte, ganz flink ein rotweißes Päckchen Lucky Strike in der offenen Schublade. Dann schlug sie ihre schönen Beine übereinander und erzählte ihr Anliegen.

In der darauffolgenden Zeit kam Milena jeden Tag. Es tat sich nichts. Der Leiter hatte Milena an seinen Untergebenen Schaffelhuber weitergereicht, dessen Münchnerisch Milena nur schwer verstand, während Herr Schaffelhuber es sich nicht nehmen ließ, mit der schönen Slawin in seinem Kopf all das anzustellen, wonach es ihn gelüstete. Dazwischen nahm er wie eine Delikatesse ein besonders stark mit slawischem Akzent ausgesprochenes Wort der Frau in den Mund und schmatzte.

Für das Wohl ihrer Kinder ließ Milena die Behandlung an sich abperlen.

»Ich bin nicht die Einzige, der es so ergeht«, dachte sie.

Nach zwei Monaten und zwei Stangen Lucky Strike hatte sie Herrn Schaffelhuber dazu bewegen können, den Brief an ihren Bruder Václav Drapák auf dem Behördenweg weiterzuleiten. Es war der letzte Versuch, Auskunft über ihre Kinder zu erhalten und Milena hatte die feste Überzeugung, dass ihr Bruder sie nicht im Stich lassen würde. Vorher hatte sie vergeblich Briefe an ihr

Kindermädchen Anča, an ihre Eltern und an den Wirt in S. geschrieben, ohne jemals eine Antwort zu bekommen. Die Verbindung zum russischen Teil des viergeteilten ehemaligen Deutschen Reiches schien wie abgeschnitten.

Zwölf Stunden am Tag und auch noch in der Nacht in ihren Träumen machten sich Josef und Milena Mut und Hoffnung.

»Vašek wird antworten! Er hat selbst drei Kinder und fühlt unsere Verzweiflung, er wird Olga und Hannah suchen und sie uns bringen!«

Sie lebten die Tage, die Nächte schneller, hektischer, damit die Zeit schneller verging, bis sie den erlösenden Brief in Händen halten würden. Und eines Tages, als Milena gerade die Zigaretten für Herrn Schaffelhuber in seine Schublade gleiten ließ, schlug dieser mit der flachen Hand auf ein Kuvert vor sich.

»Ein Brief aus Prag ist für Ihren Mann angekommen. Er muss ihn selbst abholen, mit seiner Kennkarte.«

Herr Schaffelhuber war nicht zu bewegen, den Brief an die innerlich beinahe kollabierende Frau auszuhändigen.

»Gute Frau, ich habe meine Vorschriften, der Empfänger muss persönlich erscheinen!«

Es war dann ein Brief der Prager Friedhofsverwaltung, die Josef mitteilte, dass seine Schwester Josette Hauser Friedmann am 14. Mai 1945 im Friedhof Olšany, Teil West, vierte Reihe Schrägstrich dreißig beigesetzt worden war. Anbei lag die Rechnung für Bestattungs- und Grabkosten. Und erst Wochen später erfuhren Josef und Milena durch ein Schreiben des tschechischen Innenministeriums, dass Josette am 9. Mai gegen Mittag ihren schweren Kopfverletzungen, die sie sich am Morgen desselben Tages wenige Meter von der Karlsbrücke entfernt zugezogen hatte, erlegen war.

»Natürlich wird nicht erwähnt, wer ihr den Prügel oder Stein auf den Kopf geschlagen hat!« kommentierte Josef erbost das amtliche Schreiben und Milena sagte:

»Ich denke, unsere Kinder leben, denn über die Toten bekommen wir Bescheid.«

Wieder hatten die Eltern eine Gemordete in der Familie zu betrauern. Die Erinnerung an den Mann und die Tochter ihrer Schwester Pa brach in Milena wieder auf. Sie erinnerte sich daran, wie Josef David Polaček warnte, dem Aufruf der Nazi-Behörden zum Transport in die Festung Theresienstadt zu folgen. Zusammen mit Vašek bemühte er sich um Ausreisepapiere für David. Aber David war ein zu korrekter und gutgläubiger Mensch, er tat, was die Protektoratsverwaltung von ihm forderte und nahm auch noch seine Tochter Sarah mit, die ihren Vater unter keinen Umständen allein fortgehen lassen wollte. Außerdem seien sie in Theresienstadt in der Nähe von Prag, meinte er.

Auch Ivan Friedmann, der Mann von Josefs Schwester Josette, war damals mit demselben Zug in die Festung eingefahren und keiner der drei ist von dort zurückgekommen.

Im September 1945 entstanden in der amerikanischen Besatzungszone die deutschen Länder Bayern, Württemberg und Groß-Hessen. Die Amerikaner bedrängten Dr. jur. Josef Hauser in eine der auf Ortsebene zugelassenen Parteien und somit in die Politik einzutreten. Auch Milena versuchte, ihren Mann zu überreden, diesen Weg einzuschlagen.

»Du mit deinem Kopf und deiner integeren Einstellung musst an die Spitze.«

Aber Josef wollte nicht. Als erstes wollte er seine Mädchen zurückhaben und dann wollte er bei ihnen sein, sie jeden Tag wachsen sehen, ihren Geist und ihre Seele formen helfen. Seit seine Kinder auf der Welt waren, hatte er sie kaum gesehen, nicht einmal bei der Geburt seiner Erstgeborenen war er dabei gewesen. Zu der Zeit saß er stumm in der zwei Meter mal zwei Meter großen Dunkelheit und sein Herz sprach mit dem kommenden Kind, von dem er nur wusste, wann es ungefähr das Licht der Welt erblicken sollte.

Milena und Josef wollten in diesen braunen Zeiten keine Kinder haben, da waren sie sich einig und doch zeugten sie, Stunden bevor Josef verhaftet wurde, ein Kind. Es war ihm vom Schicksal nicht vergönnt, für seine Frau zu sorgen, ihren Babybauch wachsen zu sehen, mit ihr zu träumen, wird es ein Junge, ein Mädchen, schwarz oder blond, wie soll unser erstes Kind heißen, Jan oder Jana, Martin oder Marta?

Statt dessen schraubte sich die Spirale des Alltags im Zuchthaus, der Folter und Entwürdigung immer fester um ihn, da Josef bei den Verhören schwieg und nichts unterschrieb. Nur zwei Mal erreichte ihn, aus dem Mund eines noch nicht verrohten Wärters, die Nachricht, dass seine Frau im dritten Monat schwanger sei, und später die Nachricht von der Geburt seiner Tochter Olga.

Niemals würde Josef sich der Politik zuwenden. Er machte sich daran, ein Nest für seine verschollenen Kinder zu schaffen, er machte es gut und schnell. Mit Hilfe seiner amerikanischen Freunde, die wie er Freimaurer oder Juden waren, gründete Josef eine Firma zur Beseitigung der Kriegsruinen. Er bekam die besten freien Männer als Mitarbeiter und Sprengmeister und sie begannen in den Städten München, Nürnberg und Stuttgart die Häuserreste zu sprengen und den Kriegsschutt abzufahren. In München legten sie am Oberwiesenfeld zwei Schuttberge an. Mit den Jahren sollten sie an Höhe und

Volumen gewinnen, Meter für Meter aus dem Abfall der Bausubstanz des alten München wachsen, bis sie begrünt wurden und dann als Spazier- und Rodelberge dienten.

Im Herbst des Jahres 1945 besaßen Josef und Milena ein Privatauto und eine große Wohnung in der Villa einer verhafteten Nazi-Größe in Nymphenburg. Sie gaben Möbel in Auftrag, als erstes zwei Kinderliegen und hofften immer noch auf ein Lebenszeichen ihrer Kinder hinter dem Eisernen Vorhang. Die Tage verbrachten sie mit dem Aufbau einer Zukunft, in ihren Nächten jedoch hingen die Eltern an der Vergangenheit fest, an den Tagen als sie noch mit ihren kleinen Mädchen lebten.

An Weihnachten stellten sie neben jede Kinderliege einen kleinen hölzernen Puppenwagen mit einer Puppe darin und in die Mitte des Kinderzimmers einen Lichterbaum. Josef und Milena standen im kinderleeren Kinderzimmer, hielten sich weinend umfasst und Milena flüsterte:

»Ich halte das Warten nicht mehr aus. Ich gehe selbst über die Grenze und suche unsere Kinder.«

Im Waisenhaus

1946/47

Der Frühling kam und wieder jagten kalte, russische Winde durchs Karpatenland.

Hannah war immer noch auf der Suche nach ihren Eltern. Stumm wanderte sie im Garten einher und stumm saß sie auf den Betonstufen, die vom Essraum in den Garten führten. Sie setzte sich immer auf die oberste Stufe, damit ihre Eltern sie gleich erblicken konnten, wenn sie durch die Pforte den Garten betraten.

Sie hatte eine fast körperliche Empfindung vom Warten entwickelt. Jede Zelle in ihr wusste, wie weh das Warten tat. Die Augen wussten es, die Ohren, die Hände, das Herz, der Magen und die Füße. Wenn sie die Sehnsucht nach ihren Eltern, die jetzt in immer weitere Ferne rückten, nicht mehr aushielt, schaute sie auf ihrer Treppe sitzend in den Himmel. Dort, wo die Bäume, die Dinge der Welt aufhörten, von da musste die Erfüllung kommen, die sie schon nicht mehr mit Namen benennen konnte. Eltern - was sind Eltern? Um nicht weinen zu müssen, fixierte sie ganz fest einen Punkt des Himmels, doch hielt sie das nicht durch. Ihr Blick lockerte sich, schweifte ab und schon schossen die zurückgehaltenen Tränen aus ihren Augen.

Sie stand auf und drehte ihre Runden im Garten. Zu der Birke, an deren seidigem Stamm sie ihre Wange auf- und abgleiten ließ, deren zarte Hautschicht sie ablöste und sich in den Mund steckte. Hannah aß auch Blumen, Gräser und Blätter und niemand beobachtete und hinderte sie. Aber vor allem sprach sie mit der Natur, die sie sich einverleibte. Sie redete zu den Blumen, Gräsern und Blättern. Noch erinnerte sie sich an ein paar Märchen der Božena Němcová, darunter vor allem an ihr Lieblingsmärchen vom Hirsch mit dem goldenen Geweih auf dem der kleine Smolíček ritt und gerettet wurde. So wollte auch Hannah aus der Gefangenschaft gerettet werden. Sie erzählte es den Pflanzen, Büschen und Bäumen im Garten.

Im unteren Teil des Gartens, der durch einen hohen Drahtzaun von der Außenwelt abgeschnitten war, stand ein alter Kirschbaum mit runzeligem Stamm. Dieser Kirschbaum war die Freude aller Waisenhauskinder.

Als die Kirschen zu reifen begannen, umringten sie jeden Tag den Baum. Die Kinder besaßen so wenig und wollten sich die Kirschen nicht von den Vögeln und den

Buben der Stadt rauben lassen. Olga stieg auf die Schultern eines kräftigen Kindes und hangelte sich am Baum hinauf. Dann warf sie die paarweisen Stängel mit den köstlichen Kirschen den wartenden Kindern zu. Es war ein richtiges Kirschfrüchtefest.

Hannah beobachtete von ihrem erhöhten Treppenplatz das Auffangen und Verschlingen der Kirschen und das übermütige Kirschkernspucken. Sie blieb sitzen, sie hätte unter den Großen ja doch keine Chance gehabt, die Kirschen zu ergattern.

Manchmal kam Olga, kramte aus ihrer Kleidertasche ein paar Kirschen hervor und warf sie Hannah in den Schoß. Manchmal setzte sie sich neben Hannah auf die Treppe. Dann schob sie ihre kleine Schwester eine Stufe hinunter, nahm sie zwischen ihre gegrätschten Beine und entlauste ihren Kopf. Das war im Waisenhaus das Erste gewesen, was die Kinder lernen mussten. Läuse und Nissen zu erkennen und zu knacken. Hannah hielt ganz still, sie liebte es angefasst zu werden. Auch wenn es kein mütterliches Streicheln war, so empfand sie das Wühlen in ihren Haaren als Liebkosung. Jemand beschäftigte sich mit ihr und einen kurzen Augenblick lang war sie nicht allein auf der Welt.

Olga beschwerte sich, dass die teta wieder nicht beim Schlafengehen an ihr Bett gekommen war und ihr einen Gutenachtkuss gegeben hatte. So wie jeden Abend habe die teta die Tür geöffnet, laut »Dobrou noc, Gute Nacht, Kinder!« in den Schlafsaal gerufen, habe das Licht gelöscht und sei wieder verschwunden. Und doch bemühte sich Olga Tag für Tag der teta das Versprechen nach dem abendlichen Kuss abzuluchsen. Jeden Abend stellte sich eine frohe Erwartung beim Zubettgehen ein und jeden Abend wurde Olga, als das Licht gelöscht wurde, wieder enttäuscht. Sie hat den Kuss nie bekommen.

Die Herzen der Kinder wurden so still wie das nächtliche Firmament. Ihre Sehnsucht sprach nicht, sie dehnte sich nur aus.

Es gab auch Mascha, die Köchin, im Waisenhaus. Sie war klein, dick, wieselflink und in ihren kugelrunden Bauch konnten die Kinder ihr weinendes Gesicht drücken. Sie hatte immer eine graublau gestreifte Schürze umgebunden, das Band dreimal um ihren Leib geschnürt und vorne zu einer Schleife gebunden. Am gewölbten Bauch war der Schürzenstoff speckig verschmiert, immer feucht und dünn geschabt.

Wenn Hannah nicht im Garten oder auf der Treppe war, so versteckte sie sich bei Mascha in der Küche und sah ihr beim Kochen zu. Es war den Waisenhauskindern natürlich strengstens verboten, die Küche zu betreten, aber Mascha hielt sich nicht an dieses Verbot und die Schritte der teta oder von Frau Straka hallten auf dem Steinfußboden des Korridors so laut, dass die Kinder genügend Zeit hatten, sich zu verstecken. Niemals würde Mascha ein Kind verraten. Meistens blinzelte sie verschwörerisch und lachte.

»Der Dragoner ist abgedampft!«

Da kamen die Kinder zwischen den Zwiebel- und Kartoffelbergen wieder hervorgekrochen. Nur beim Naschen war Mascha streng, sie ließ es nicht zu, sie sagte, das Essen müsse für alle Kinder reichen, da könne sie keine Bissen vorher verschenken. Natürlich fiel ihr auf, dass Hannah, das jüngste der Waisenhauskinder, immer magerer wurde. Sie kannte die Gesetze der Stärkeren im Heim und wusste, dass Hannah Hunger litt. So brachte sie von zu Hause Essen mit und fütterte damit Hannah wie ein junges Gänschen.

»Schnäbelchen auf!« und jedes Mal stopfte Mascha etwas hinein. »Schnäbelchen auf!« bis Hannahs Hunger gestillt war.

Im Sommer ereignete sich etwas Ungewöhnliches, Besuch kam. Ein sehr groß gewachsener, schlanker Mann mit seiner zierlichen Frau erschien bei Frau Straka, nannte einen falschen Namen und falsche Absichten. Er sagte, er habe dienstlich öfter hier in der Gegend zu tun und habe vom Pfarrer gehört, dass er im Waisenhaus Wohltaten verteilen könne. Er möchte die Patenschaft von ein, zwei Waisenkindern übernehmen und sich um sie kümmern, wenn er in der Gegend sei. Seine Wahl fiel auf das süße, rothaarige Geschwisterpärchen. Noch bevor Olga ihren vorlauten Mund öffnen konnte, hatte ihr der Mann von weitem zu verstehen gegeben, zu schweigen. Olga erfasste sofort das Geheimnisvolle an dieser Situation und blieb stumm. Ihrer Schwester befahl sie ebenfalls ihren Mund zu halten, kein einziges Wort zu sagen. Aber das war bei Hannah normal. Sie war still wie eine Puppe.

Das war der Beginn einer Änderung im Leben der Schwestern. Hannah spürte sofort, dass da ein Mann war, der sie liebte, sie auf den Arm nahm, »Nase verschwinden und das Mäuschen unter die Achsel laufen lassen« mit ihr spielte. Sie gingen mit Onkel und Tante - der Mann hatte gesagt, nennt uns einfach nur Onkel und Tante - spazieren, ganz allein ohne die anderen Kinder und sie verweilten zusammen am Bach, wateten darin, platschten Steine übers Wasser, bis Olga jauchzte.

»Wie damals zu Hause.«

Da plötzlich erinnerte sich Hannah an das Gesicht von Marek, sah wie sie Hand in Hand mit ihm am Ufer des Flusses in S. standen und lauthals gegen den Fluss ansangen.

»Holka modrooká, nesedávej u potoka ... Mädchen mit den blauen Augen geh nicht zum Fluss ...«

An die Gesichter von maminka und táta erinnerte sich Hannah nicht mehr.

Von Sommer bis Herbst kamen der Onkel und die Tante öfter angereist. Sie konnten immer nur ein paar Tage bleiben, herzten und spielten mit den Kindern. Kurz vor Beginn des harten, kontinentalen Winters erschienen sie ein letztes Mal und versprachen den Schwestern nach Hannahs viertem Geburtstag wiederzukommen.

Es wurde ein langer und harter Winter. Der Nachschub an beißender Kälte aus dem Osten, aus Sibirien, ließ nicht nach, steigerte sich bis zu noch nie dagewesenen Kältegraden, um danach das Beskidenland mit einer Schneefracht zuzudecken, die jedes Leben, jede Bewegung unmöglich machte. Die Menschen in J. verkrochen sich in ihren Häusern, verheizten und verbrauchten ihre Vorräte. Sie dachten nicht daran, dass drei Frauen allein mit vierzig Kindern der sibirischen Kälte ausgesetzt waren. Damit der Kohlenvorrat über den strengen Winter reichte, ließ Frau Straka nur den Aufenthalts- und Essraum heizen. Im Schlafsaal fiel die Temperatur, die Fenster waren eisbeschlagen und der Atem der Kinder gefror schon im Mund. Da nützten auch die Säcke nichts, die vor die Fenster gehängt und zusammengerollt entlang der Fensterbank in die Ritzen gestopft wurden. Zu allem Unglück wurde Mascha krank und die teta übernahm das Kochen, berechnete aber die Portionen für vierzig Esser immer falsch, so dass die Kinder hungrig vom Tisch aufstehen mussten.

Der schwere Winter wollte nicht vorübergehen. Die Ohnmachtsanfälle, denen Hannah zu Beginn ihrer Verwahrungszeit im Waisenhaus ausgesetzt gewesen war und die während der Fütterung durch Mascha und der Zeit der Besuche von Onkel und Tante völlig aufgehört hatten, fingen wieder an. Die teta konnte sich nicht auch noch um das manchmal wie tot daliegende Kind kümmern. Sie beauftragte Olga damit.

»Pass auf deine kleine Schwester auf, damit sie nicht ohnmächtig wird!«

Doch wie sollte Olga wissen, wie das geht. Sie wusste nicht, warum Hannah immer umfiel. Kein anderes Kind lag plötzlich steif, mit geschlossenen Augen da und atmete nicht! Das brachte Olga gegen Hannah auf. Sie wollte sich nicht um sie kümmern, deshalb nicht zur Rechenschaft gezogen werden. Ganz ernst sagte sie zu ihr:

»Wenn du noch einmal umfällst, kommen Onkel und Tante uns nie mehr besuchen!«

Vor Entsetzen schlug Hannah sofort wieder hin.

Einmal fand man sie erst spät in einer Ecke des bitterkalten Ganges, sie fühlte sich sehr kalt an. Sie bekam hohes Fieber und eine Lungenentzündung und wurde ins Hospital gebracht. Olga atmete auf, als ihre Schwester fort war.

Die Ärzte heilten die Lungenentzündung von Hannah, ihre Anfälle konnten sie nicht kurieren.

»Es gibt keine körperliche Ursache für die Ohnmachtsanfälle«, sagten sie.

Welches Kleinkind kann schon mit vollem Bewusstsein aushalten ohne Mutter und Vater zu leben?

Das Schicksal forderte es von allen Waisen dieses Krieges und hat ihnen auch die Kraft dazu gegeben. Die Kinder durften diese Kraft nur nicht verlieren.

Die Suche

1946/47

Die Geleise endeten hier.

Milena stieg aus dem Zug, der sich in den letzten Stunden von Deggendorf über Regen und Zwiesel hier herauf, in die Einsamkeit des dunklen Bayerischen Waldes, gewunden hatte. Sie stand mit einem Rucksack auf dem Rücken da und blickte sich um. Ein paar Hamsterer oder Schieber, wie man diese neue Menschenspezies nannte, die durch die Nachkriegszeit entstanden war, verschwanden zielgerichteten Schrittes hinter dem Bahnhofsgebäude.

Dann ging Milena auf den Bahnhofswärter zu und sprach ihn an.

»Ich suche ein Zimmer für ein paar Tage bei einer netten Familie.«

»Ja, was machen Sie denn hier bei uns mitten im Winter, Freillein! Ham wohl Heimweh, wolln mal ins Böhmische rüberschauen?« antwortete er freundlich und spielte auf ihren Akzent an. »Wenn der Zug abgefahren ist, bringe ich Sie zu den Reisers.«

Bald marschierten sie auf der autoleeren Straße dem Ort Bayerisch Eisenstein zu. Es war Ende Januar und trotzdem lag kaum Schnee in dieser Gegend. Schwarz und nass blinkte es von den Zweigen der Fichten und Tannen. In der Ferne sah Milena die waldigen Hügel, das musste schon Böhmen sein und ihr Herz zog sich krampfend zusammen.

Von der Landstraße bogen sie in einen Weg, der zum Fluss führte und dort stand mitten auf einer Obstwiese ein einstöckiges Haus mit angrenzendem Hühnerstall und Holzlege. Der Bahnwärter klingelte. Vom ersten Augenblick an waren die fremden Menschen sich sympathisch. Vater, Mutter, Großmutter und zwei Kinder schlossen die Frau, die es zu ihnen geweht hatte, fest in ihr Herz und es entwickelte sich eine Freundschaft für das ganze Leben.

Die Familie, vor allem der sechsjährige Franz und die zwölfjährige Ilse, fanden die Geschichte der Suche nach zwei Kindern hinter dem Eisernen Vorhang spannend.

Jeden Tag begleiteten sie Milena zum Schlagbaum, und während die Mutter mit brennenden Augen und trüben Gedanken im Kopf ins Böhmische hinüberstarrte, ergingen sich die beiden Reiser-Kinder in Karl-May-Geschichten. Sie phantasierten, wie sie Olga und Hannah kidnappen, sie auf die Rücken ihrer schnellen Pferde ziehen und davongaloppieren würden und über die Grenze würden sie die Mädchen mit einem Indianertrick schmuggeln! Abwesend lächelte Milena die Kinder mit den roten Backen und den abenteuerlustigen Augen an. Sie machte sich ihre eigenen Gedanken, wie sie hier auf beiden Seiten der Grenze Verbündete bekommen könnte.

Ihr erster Verbündeter wurde der Förster Max. Ein stiller Mann in ihrem Alter, der auf seinen täglichen Gängen durch den Wald, mit Gott und den Tieren sprach. Die Tiere des Waldes hatten scheinbar keine Furcht vor ihm. Als er Milena auf dem verborgenen Waldweg zur Grenze mitnahm, kreuzte ein Fuchs ihren Weg, schaute ganz ruhig den Förster an und ging weiter seines Weges. Auch die Rehe auf der Lichtung hoben nur kurz den Kopf, erkannten den Mann und ästen friedlich weiter.

Max ging jeden Tag mit Milena den Weg durch den Wald bis zum sichersten Grenzübertritt. Dort saßen sie und beobachteten mit Feldstechern die tschechischen Grenzsoldaten, die zwischen den weit auseinanderstehenden Wachtürmen nachlässig patrouillierten. Max skizzierte und erklärte detailgenau den Weg auf der böhmischen Seite zu einer Hütte, die von Mai bis September bewirtschaftet war und weiter hinunter in den Talgrund, zu den paar Häusern einer Ansiedlung. Im letzten Haus an der Straße wohnte sein Freund Vílem Czernoch, der Milena sicherlich weiterhelfen würde.

»Ich bring Sie hin, Milena.«

»Auf keinen Fall«, protestierte sie, »das ist zu gefährlich. Denken Sie daran, Ihre Frau ist schwanger. Ich schaffe das allein.«

Aber jetzt im Winter rüberzugehen, davon riet ihr der Förster ab. Auch wenn heuer nicht viel Schnee läge, so sähe man ihre Spuren doch und könne sie verfolgen.

Doch Milena lag grübelnd in ihrem Gästezimmer oder stand sehnsuchtsvoll am Schlagbaum und der Gedanke, jetzt schon rüberzugehen, ließ sie nicht los. Sie lieh sich von den Kindern einen Schlitten und marschierte ohne einem Menschen von ihrem gefährlichen Vorhaben zu erzählen in Richtung Grenze. Am hellen Tag zog sie ihren Schlitten durch den Wald, den sie bestens kannte, aufwärts. Sie hatte überfallende Wollstoffhosen, zwei Pullover, eine Windbluse und gebrauchte Bergschuhe an, die sie noch am Vorabend für Zigaretten eingetauscht hatte. Milena sah wie eine Sportlerin aus. In ihrem Rucksack steckte eine Flasche Whisky, das wertvollste Bestechungs- und Zahlungsmittel in dieser Zeit. Nach zwei Stunden Aufstieg war sie unentdeckt über den Grenzstreifen gegangen, sie hatte die Hütte gerade passiert und machte sich daran auf ihrem Schlitten ins Tal hinunterzufahren, da hörte sie eine junge Männerstimme auf Tschechisch rufen.

»Halt oder ich schieße! Was machen Sie hier?«

Langsam drehte sich Milena um. Ein sehr junger Soldat kam mit auf sie gerichtetem Gewehrlauf auf sie zu.

»Hej!« sagte sie laut und unbekümmert. »Ich bin die Cousine vom Vílem und mache hier Winterurlaub. Komm, setz dich zu mir auf den Schlitten, ich kenne mich als Pragerin in der Gegend nicht aus!«

Und tatsächlich hängte der Soldat sein Gewehr vor die Brust und setzte sich auf den Schlitten.

»Ich muss auch runter, ich habe Pause«, grinste er in Erwartung eines Abenteuers.

Der Soldat lenkte, Milena schmiegte sich fest an den jungen Rücken und sie sausten zusammen den Berg hinunter. Unten an der Straße nahm Milena den Schlitten an sich, sagte »Ahoj«, ließ den verblüfften Mann stehen und stapfte auf das letzte Haus zu, das ihr der Förster beschrieben hatte.

Eine Woche später kam Milena wieder in München an und der Winter setzte mit Schnee und Kälte schlagartig ein. Sie schmiegte sich an Josef und fing an, von ihrem ersten heimlichen Grenzübertritt auf böhmischen Boden zu erzählen.

»Als du weg warst«, gestand ihr Josef, »habe ich Blut und Wasser geschwitzt. Mir stand immer die Möglichkeit vor Augen, dass ich auch noch dich verlieren könnte. Bitte Mila, geh nicht noch einmal heimlich über die Grenze!«

»Aber Josef, nur auf tschechischem Boden finde ich unsere Kinder! Mir passiert schon nichts, außerdem habe ich verlässliche Menschen gefunden«, wiegelte sie ab.

Milena hatte auch eine gute Nachricht mitgebracht. Im Haus von den Czernochs hatte sie endlich mit ihrem Bruder telefonieren können.

»Schau, die Gefahr hat sich doch gelohnt«, sagte sie ihrem Mann. »Wir wissen nun, dass Anča unsere Kinder zu meinen Eltern gebracht und Pa, kaum eine Woche später, sie wieder fortgebracht hat. Und weißt du wohin – in ein Waisenhaus! Angeblich, sagt Pa, sei es ein gutes Heim. Sie rückt aber nicht die Adresse heraus.«

»Was ist nur in Pa gefahren«, fragte sich Josef, »sicher kann sie den Tod von David und Sarah nicht verschmerzen.«

»Aber ist das ein Grund uns dafür weh zu tun?«

Sie überlegten zusammen, was sie jetzt unternehmen

könnten und besprachen auch den Vorschlag von Vašek, die Kinder aus dem Heim zu entführen, sobald er die Adresse ausfindig gemacht hätte.

Wieder wurde Josef von der Angst getrieben, dass er Milena beim verbotenen Grenzübertritt verlieren könnte.

»Mila, ich bin dafür, über die Amerikaner und Russen einen offiziellen Ausreiseantrag für unsere zurückgehaltenen Kinder zu stellen. Gleich morgen gehe ich zu meinem Freund, Major Reich.«

»Nein«, sagte Milena resolut, »ich bin nicht dafür. Das wird Jahre dauern! Wir holen uns unsere Kinder selbst.«

Václav Drapák wollte, sobald er die Adresse der Kinder wusste, an Vílem Czernoch einen Brief schreiben. Vílem würde den Brief selbst über die Grenze zum Förster Max bringen und Max den Brief an die Eltern nach München weitersenden. Milena hatte zuverlässige Glieder für ihre Verbündetenkette gewonnen, trotzdem hielt sie das Warten auf den Brief ihres Bruders nicht aus.

Eines Tages, Mitte April, als sie aus einem Brief der Reisers erfahren hatte, dass auch im Bayerischen Wald der lang ersehnte Frühling eingezogen war und die letzten Schneereste auf den Bergen verjagt hatte, packte sie wieder ihren Rucksack mit Zigaretten und Schnaps voll – zum Wert ihrer Kinder lächerliche Dinge.

In der Nacht vor ihrer Abreise bekam Milena unerklärlich hohes Fieber. Josef lief zu einem befreundeten Arzt und ließ sich Tabletten für Milena geben. Er machte ihr Wadenwickel und am Morgen brachte er die noch Fiebernde zum Zug. Er hatte sie nicht von der Reise abhalten können.

»Du kannst mich nicht halten, ich muss einfach fahren!« sagte sie.

Während der langen, immer wieder unterbrochenen

Zugfahrt stand Milena auf der offenen Plattform zwischen zwei Waggons und die Luft und der Wind trugen ihr Fieber fort. Sie kam gesund bei den Reisers an.

Während der Zugfahrt hatte sie überlegt, sich dieses Mal weiter auf tschechisches Gebiet vorzuwagen. Sie plante nach Pilsen zu fahren und dort ihren Bruder zu treffen. Die Reisers entsetzten sich und versuchten ihr den Plan auszureden. Max fand die Reise zu tollkühn und Vílem, bei dem Milena, nachdem sie erneut die Grenze überschritten hatte, heil angekommen war, sagte, sie sei wahnsinnig.

»Denk doch an die Kontrollen! Hundert Kilometer Bahnfahrt bis Pilsen und tausend Möglichkeiten dich zu verhaften. Ich fahre für dich.«

Aber Milena ließ sich nicht von ihrer verrückten Idee abbringen. Mit eigenen Augen wollte sie ihren Bruder sehen, selbst von ihm hören, was er über Olga und Hannah wusste. Sie wollte ihn anfassen und er sollte ihre Verzweiflung und die nicht mehr auszuhaltende Sehnsucht nach ihren Kindern selbst begreifen. Das könne kein Kurier!

Und Milena machte sich wie eine Traumwandlerin auf den Weg, ging wie eine Unsichtbare durch alle Sperren und Kontrollen hindurch. Sie hatte einen Schutzgürtel um sich herum geschaffen, niemand näherte sich ihr und niemand sprach sie an. Endlich in Pilsen, in den Armen ihres Bruders brach sie zusammen, zitterte, klapperte mit den Zähnen und weinte. Ratlos hielt Václav die Zuckende fest.

»Aber Mila, sei tapfer, wir machen das schon!« versuchte er sie zu trösten.

Er hatte aber keine gute Nachricht für sie. Es war ihm bisher nicht gelungen den Aufenthaltsort der Kinder herauszubekommen und sie überlegten beide, was sie tun könnten.

Da kam Mila auf die Idee durch einen Trick an die Adresse des Waisenhauses zu gelangen. Vašek lachte und beide freuten sich, wie sie ihre große, strenge Schwester Pa an der Nase herumführen würden. Vašek malte sich die Szene aus:

»Ich läute. Pa öffnet schmal und erstarrt und ganz in Schwarz gekleidet. Ich gebe ihr das Päckchen für die Kinder. Ach, sei so gut und schick es den armen Würmern. Ich verabschiede mich, ich habe dienstlich viel zu tun. Dann verstecke ich mich in der Nähe der Post und warte auf unsere Schwester mit dem Päckchen. Es wird mir ein Leichtes sein, die Adresse, die Pa auf das Päckchen geschrieben hat, vom Postbeamten zu erfahren. Er wird sie mir, zuvorkommend wie er ist, sogar auf einen Zettel notieren.«

Ja, so müsste es glücken. Die Geschwister waren voller Hoffnung. Milena wollte jetzt selbst das Päckchen packen, sie drängte ihren Bruder sofort nach Prag zu Pa aufzubrechen, sie würde sich solange in der Wohnung versteckt halten.

»Was meinst du«, sagte sie, »wenn ich mit der Adresse nach München komme, das würde die Niedergeschlagenheit aus Josef herausfegen.«

Aber Václav war nicht einverstanden, er schickte sie am nächsten Tag mit dem Frühzug wieder zurück.

»Mila, sei vernünftig, du kannst nicht hierbleiben. Morgen kommt Jana mit den Kindern zurück. Du weißt, ich habe die Familie extra fortgeschickt, damit sie von deinem Besuch nichts erfährt. Du kennst die Buben, sie würden in der Schule stolz verkünden, dass ihre Tante schwarz über die Grenze geschlichen ist.«

Milena war vernünftig und gab nach. Schon auf dem Weg zum Bahnhof in aller Herrgottsfrüh wurde sie von einem Polizisten angehalten. Er war alt, stand sicher kurz vor seiner Pensionierung, hatte in seinem Leben zwei Kriege erlebt, die noch an seinem Körper und an seinem Gesicht klebten. Und trotzdem wollte er die Ausweispapiere von Milena sehen.

Milena gab ihm das Foto mit ihren beiden kleinen Kindern.

»Verhaften Sie mich nur ...«, sie fing zu weinen an. Der alte Polizist drückte ihr das Foto zurück in ihre Hand und raunte:

»Gehen Sie weiter und viel Glück.«

Sie konnte nicht mehr aufhören zu weinen. Sie weinte am Bahnschalter, im Zug, bei den Kontrollen, bei denen sie nur ihre Fahrkarte und keinen Ausweis vorzeigte und man ließ die Frau in Ruhe. Sie kam bei Vílem an, legte sich ins Bett und schlief zwei Tage und zwei Nächte, dann erst fand sie wieder Kraft, über die Grenze weiter nach Bayerisch Eisenstein zu gehen.

Einen Monat später hatte die Ungewissheit ein Ende. Josef und Milena erfuhren durch Václav, wo Hannah und Olga lebten und untergebracht waren. Sie konnten den Gedanken an ihre Kinder endlich ein stützendes Korsett verpassen. Sie stellten sich ein Haus, einen Garten, einen Spielplatz vor, sie ließen ihre Mädchen zusammen schaukeln und fröhlich sein. In ihrer Vorstellung sahen sie einen Speisesaal mit bunt gedeckten Tischen und lustigen Kindern, sie sahen Hannah und Olga zusammen in einem Zimmer schlafen.

»Sicher passt die Große auf die Kleine auf«, sagten sie sich.

Aber warum lebten sie in einem Waisenhaus, warum hatte man sie nicht in der Familie behalten können? Und wieso hatte Pa kein Heim in der Nähe gefunden, warum mussten die Mädchen so weit entfernt von allen Verwandten und Freunden im Osten des Landes untergebracht werden? Václav vermutete dahinter einen gemeinen Schachzug, aber die Eltern wollten das nicht glauben.

Sie dachten nicht weiter über das Unverständliche nach. Sie redeten nur noch von ihren Kindern, fielen sich aufgeregt ins Wort, fragten sich, ob ihre Quatschnikova noch so viel redete, ob ihre Smetana musikalisch sei, was für ein Lieblingsgericht sie hätten, ob sie sehr gewachsen seien, wie sie sich ihr feines rotes Haar frisierten. Sie konnten gar nicht mehr aufhören, sich jeden Schritt, jeden Handgriff und jedes Wort der Kinder auszumalen. Sie stellten sich den Ort J. vor, der mitten in den Beskiden, am Rande der Karpaten lag. Sie kannten die Gegend nicht, dort musste es im Sommer heiß und im Winter russisch kalt sein. Hoffentlich froren ihre kleinen Mädchen nicht! Wer kleidete sie? Bestimmt waren sie aus ihren Sachen herausgewachsen.

Am Ende des Sommers schickte Vašek in einem Brief, der sie wieder über Vílem und Max erreichte, zwei Fotos von den Kindern im Waisenhaus. Olga sah man zusammen mit drei Buben. Sie standen eng nebeneinander aufgereiht, die Arme um die Hälse geschlungen und lachten in die Kamera. Milena sah sofort, dass die Kleidung der Kinder jämmerlich war, und das Kameragrinsen nahm sie Olga nicht ab. Sie stellte sich vor, wie ihre Älteste sich den Buben anpasste und auf deren frecher Welle mitschwamm, um nicht so allein zu sein.

Hannah dagegen war auf dem Foto allein, sie wirkte so allein, dass Josef und Milena die Tränen kamen. Sie saß wie in einem Vakuum, auf einem Hocker, ihre Hände um ihren Teddy gekrallt, dass es einem wehtat. Und ihre Augen schienen zu fragen, warum habt ihr mir das angetan? Den Eltern blieb der Atem stehen.

Später, als sie endlich wieder vereint waren, quälte

Hannah ihre Eltern mit dem Vorwurf »lieber tot als lebend im Waisenhaus!«

Deshalb war es nur legitim, dass die Eltern über die furchtbare Zeit der Trennung nie sprechen, von Hannahs Erzählungen aus dem Waisenhaus nichts hören wollten. Es war zu furchtbar, diese Zeit sollte einfach vorüber sein. Insgeheim hatten sie auch gehofft, dass ihre Kinder noch zu klein für eine bewusste Erinnerung gewesen wären. Aber in ihrer Jüngsten brannten die Erinnerungen loh und weh.

Im beiliegenden Brief schrieb Vašek von seinen Besuchen in J. und von den Mädchen. Olina hätte ihn sofort erkannt, Hannah sei sehr dünn, oft krank und neige zu Ohnmachten. Er schrieb, dass sie die Trennung gar nicht gut verkraftet hätte, während Olga fröhlich und unverändert wirkte.

Es wurde Zeit, dass die Kinder aus dem Waisenhaus geholt würden. Doch der Winter bricht früh in den Karpaten ein, und die Eltern und Vašek hatten sich noch keinen Plan zurechtgelegt, wie sie die Kinder am sichersten über die Grenze bringen könnten. Milena fuhr wieder nach Bayerisch Eisenstein, besprach sich mit den Reisers, mit dem Förster Max und mit Vílem, der heimlich zu ihnen stieß. Sie beschlossen, dass die Hütte in der Nähe der Grenze der Übergabeort sein sollte. Vílem wollte mit Václav Drapák alles auf tschechischer Seite vorbereiten und Max den Weiterweg auf bayerischer Seite absichern. Ein paar Monate verblieben ihnen für die Organisation.

Der Mai, fanden sie, sei eine gute Zeit für einen Grenzübertritt.

Die Eltern. Die Kinder

1947

»Was für ein schöner Tag, Frau Straka! Ich denke, wir machen mit Olga und Hannah, den zwei kleinen Käferchen, einen Ausflug, wir picknicken, fangen Schmetterlinge, wer weiß, was noch. Sorgen Sie sich nicht, wenn wir später kommen.«

So sprach Dr. Václav Drapák eines Tages im Mai 1947 zu der Leiterin des Waisenhauses in J. Neben ihm stand seine zierliche Frau Jana, deren Hand Hannah schon ergriffen hatte und nicht mehr losließ. Mit der anderen Hand drückte sie ihren Teddy ans Herz. Olga war im Garten und spielte mit den Jungen Schussern. Frau Straka rief sie durchs Fenster herein. Sie machte eine unwirsche Handbewegung, löste sich aber doch vom Spiel.

Die Flucht konnte beginnen. Sie gingen zum Bahnhof. Jeder der Erwachsenen führte ein Kind an der Hand. Onkel Vašek und Olga marschierten mit größeren Schritten voraus, Tante Jana folgte mit Hannah etwas langsamer. Während der kommenden Tage sollte Hannah die Hand ihrer Tante nicht mehr loslassen und wenn diese doch einmal beide Hände selbst benötigte, griff sie reflexartig nach ihrem Rock und hielt sich dort fest. Nie wieder sollte ihr ein geliebter Mensch entkommen.

Am Bahnhof löste der Onkel die Fahrkarten nur bis zur nächsten Station. Dort hatte er sein Auto geparkt und von dort konnte die lange Fahrt beginnen. Zügig und schnell musste die Flucht vonstatten gehen. Bevor Frau Straka die Behörden einschaltete, mussten die Kinder bereits über der Grenze sein.

Im Auto wartete Pavel, ihr und Josefs Freund aus der ehemaligen tschechischen Widerstandsbewegung. Die

Kinder von Josef und Milena Hauser außer Landes schaffen zu helfen, bedeutete für ihn die Anerkennung, die beiden für ihre Arbeit im Widerstand gebührte. Die Männer saßen vorne, Tante Jana zwischen den Kindern im Fond. Sie hatte zwei Taschen mit Verpflegung, Getränken und Kaffee in Thermoskannen mitgenommen, damit die kleine Reisegruppe keine langen Pausen machen oder in einem Gasthaus essen musste.

Sie fuhren nach Westen, sie fuhren einen Tag und eine Nacht. Wenn die Mädchen nicht schliefen, erzählte die Tante ihnen Märchen vom Hirsch mit dem goldenen Geweih, von der Verwandlung der Schwäne und von Krakonoš, dem Rübezahl aus dem Riesengebirge. Sie erzählte auch von maminka und táta, was für Hannah auch ein Märchen war, während Olga unruhig nachfragte und sich das alte Haus, den Garten und den Fluss in S. beschreiben ließ. Sie spürte immer noch einen Hauch von Erinnerung an die Vergangenheit in sich, konnte ihn aber nicht mehr in Bilder fassen. Sie war sehr aufgeregt. Hannah saß eng an Tante Jana geschmiegt, ihr waren nur Onkel und Tante wichtig, sie ließ sie nicht aus den Augen.

Am folgenden Tag kamen sie im kleinen Anwesen von Vílem und seinen Eltern an. Pavel hatten sie zuvor in einer Kleinstadt am Bahnhof abgesetzt, er wollte mit dem Zug zurück nach Prag fahren.

Wieder war da ein fremdes Haus, wieder fremde Leute. Hannah beobachtete alles misstrauisch und ließ sich von den fremden Menschen nicht anfassen. Olga aber war glücklich, neue Menschen zu finden, die ihre Geschichten noch nicht kannten und ihrem Redefluss gerne zuhörten.

Bis zum nächsten Tag ruhten sie sich aus. Die Eltern von Vílem hatten vorsorglich den Nachbarn mitgeteilt, dass sie Feriengäste aus der Stadt bekämen, das war nicht ungewöhnlich. Nichts sollte im Dorf Anlass zum Gerede oder zur Beobachtung geben. Tante Jana hatte die Mädchen von ihrer ärmlichen und muffligen Waisenhauskleidung befreit und ihnen bessere Sachen angezogen. Sie wirkten nun wie eine bürgerliche Familie aus der Stadt.

Am nächsten Tag brachen sie auf. Die Sonne schüttete ihren Glanz auf die taubedeckten Wiesen und der nahe Wald schimmerte goldgrün. Onkel und Tante gingen mit Olga und Hannah an der Hand auf den Wald zu. Sie beobachteten das Getier, das über den Blumen und Grashalmen schwirrte und Hannah strich immer wieder sanft mit ihrer Hand über die hochstehende Wiese. Olga erzählte lauthals das Märchen vom Rübezahl.

»Pssst, leise«, ermahnte sie Onkel Vašek, »in der Natur muss man leise sein.«

Vílem war mit einem Pferdefuhrwerk, auf das er Heu geladen hatte, schon in Richtung Wald vorausgefahren. Die Flucht der Kinder war genau durchdacht und geplant. Onkel und Tante hatten sich eine Einladung von der Hüttenwirtin besorgt und besaßen somit eine Genehmigung, sich im Grenzstreifen aufhalten zu dürfen. Olga und Hannah konnten sie nicht als ihre eigenen Kinder ausweisen und so hatte man eine andere Möglichkeit ersonnen, sie zur Hütte zu bringen. Am Waldrand wartete Vílem mit dem Fuhrwerk.

Auf der anderen Seite der Grenze gingen zur selben Zeit auch die Eltern los. Sie ließen ihr Auto und den Förster Max auf einer Forststraße zurück und schlugen sich in den Wald. Milena kannte den Weg, fast jeden Baum und jede Lichtung so gut, dass vor ihrem geistigen Auge der nächste Wegabschnitt schon erschien, bevor sie ihn erreichten. Milena ging voran, Josef hatte dicht zu ihr aufgeschlossen. Sie sprachen nicht, die Anspannung, der sie ausgesetzt waren, sprengte fast ihre Körper. Wenn nur jetzt, so kurz vor dem Ziel, nichts passierte! Bei jedem Knacken, Rauschen und Vogellaut zuckten sie zusammen, ihre Augen beobachteten scharf den Wald rundum und sie achteten bei jedem Schritt darauf, sich, wenn es nötig würde, sofort in Deckung bringen zu können.

Langsam kamen sie vorwärts, standen endlich an der Kuppe, von der aus sie die Hütte erblickten und näherten sich ihr vorsichtig. Milena und Josef hielten sich an den Händen, standen versteckt in Sichtweite der Hütte und warteten auf das Signal, das ihnen Vašek geben wollte.

War es wirklich so einfach, sie öffnen die Tür und sind wieder eine Familie?

Alles hatten sie bedacht und geplant, nur auf das, was dann in der Hütte passierte, waren sie nicht vorbereitet gewesen.

Hannah ging an der Hand von Tante Jana auf das im schattigen Wald wartende Fuhrwerk zu. Vílem besprach sich mit dem Onkel und sie spürte die Aufregung der Erwachsenen, sah die spähenden Blicke der Männer und die scharfe Falte zwischen den Augen ihres Onkels. Irgendwie erfasste sie, dass Olga und sie selbst im Mittelpunkt der Sorge der drei Erwachsenen standen.

Das Pferd scharrte. Onkel Vašek hob nacheinander beide Kinder hoch und sie durften den schönen Kopf des Pferdes streicheln. Nach so langer Zeit der Vernachlässigung, in der Hannah am Rand einer leeren Welt gestanden hatte, tat ihr der Mittelpunkt, in den sie plötzlich gerückt war und die liebende Aufmerksamkeit der Menschen um sie herum, gut. Sie machte, was sie jetzt von ihr verlangten.

Die Kinder bekamen ein Tuch vor Nase und Mund gebunden, sie wurden eindringlich beschworen sich, solange sie im Heu versteckt lagen, nicht zu rühren und nicht zu sprechen. Dann bereitete Vílem zwei Kuhlen für sie und begrub die Kinder unter dem Heu. Das Pferd setzte seinen Weg bergauf durch den Wald fort, Vílem kutschierte und Onkel und Tante gingen neben dem Heuwagen einher. Nach einer Weile kamen ihnen drei Grenzsoldaten entgegen.

»Nazdar«, grüßte Vílem und sie plauderten belanglos, ließen sich die Ausweispapiere und die Einladung von den zwei fremden Menschen zeigen und setzten ihren Weg fort. Schon im Weitergehen drehte sich ein Soldat um und sagte:

»Bei der Wirtin gibt es heute Rührei mit Bratkartoffeln.«

Vílem machte vor Erleichterung ein Kreuzzeichen und schlug sanft mit den Zügeln auf den Rücken des Pferdes, das Pferd zog an. Nach einer Stunde gelangten sie zur Hütte.

Während der langen Autofahrt fort aus dem Waisenhaus und jetzt unter dem Heu auf dem Fuhrwerk erfassten die Kinder mit keiner Regung, dass es sich um eine Flucht oder ein Abenteuer handelte. Es grub sich ihnen auch nicht in ihr Gedächtnis ein, dass dies der Augenblick war, in dem sie ihr Vaterland, ihr Mutterland verließen. Von Vater und Mutter, zu denen sie jetzt gebracht wurden, hatten sie keine Vorstellung mehr.

Hannah war die Hektik der ganzen Fahrt aufgefallen, die schnellen, abrupten Bewegungen, das häufige Kopfumdrehen und die Seufzer der Erwachsenen. Angst hatte sie nicht, sie war ja nicht allein, Onkel Vašek und Tante Jana waren immer in ihrer Nähe und greifbar.

Die Hüttenwirtin war vor die Hütte getreten und hatte den Ankommenden ein Zeichen gemacht, dass sich niemand in der Hütte aufhielt. Sie war noch jung und hatte dieses glänzend klare Apfelgesicht, das es nur bei Bauernkindern gibt. Sie hieß Lenka und begrüßte die Gäste mit großer Ruhe. Wer monatelang allein eine Hütte betrieb, musste eine große ruhige Kraft in sich haben. Olga und Hannah wurden ausgegraben, heruntergehoben, abgeputzt und in den Hüttenraum geschoben. Dort wurden sie auf die lange Bank an den großen Holztisch gesetzt. Schon brachte Lenka zwei dampfende Teller voll Rührei und Kartoffeln.

Die Kinder aßen. Sie sahen, dass Onkel Vašek die Hütte wieder verließ, er musste an der Tür seinen Kopf einziehen, so groß war er, und sie hörten eine gepfiffene Melodie. Es war das Mondlied aus der Oper Rusalka, die Stelle »... Mond, erlisch mir nicht, erlisch mir nicht!«

Als die Tür wieder aufging, begann für vier Menschen mit einem Schlag ein neues Leben.

Eine Frau im hellen Ledermantel und ein Mann im grauen Trenchcoat betraten die Hütte, blieben stehen und starrten die essenden Kinder an.

»Da sitzen wirklich unsere Kinder«, dachten sie, »älter geworden, größer.«

Als die zwei fremden Leute eintraten, schauten Olga und Hannah nur kurz auf und löffelten dann weiter ihr Rührei. Es kam Milena seltsam vor.

»Wieso essen sie jetzt Rührei«, dachte sie, »in so einem Moment, auf den wir seit zwei Jahren gewartet haben?«

»Hannička! Olina!« rief sie.

Die Kinder schauten sie fremd und abweisend an.

Da fing im Innersten der Mutter in den Ohren, im Kopf, im Herzen ein Orchester an zu brausen. Sie meinte verrückt zu werden, so schmerzte, dröhnte, hämmerte und explodierte die Erkenntnis: sie kennen uns nicht mehr!

An diese Möglichkeit hatten sie gar nicht gedacht.

Da schaute Olga plötzlich wieder auf, sah, dass der Mann eine Brille aufsetzte, befreite sich mit einem Ruck vom Tisch und der Bank, zwischen die sie eingeklemmt war, trappelte über die lange Holzbank, sprang auf den Boden und dann in die Arme des Mannes.

»Táta!« kreischte sie.

Milena näherte sich Hannah und flüsterte eindringlich.

»Hannile, wir sind es, Mutti und Vati!« und wollte sie anfassen und küssen. Da fing Hannah zu schreien an, machte sich frei und rannte zu Tante Jana. Die Mutter erstarrte mit ausgebreiteten Armen.

»Die geht nicht mit uns. Wie sollen wir ein brüllendes Kind über die Grenze schmuggeln?« überlegte sie. Es gab keine andere Möglichkeit, Vašek und Jana mussten sie über die Grenze nach Bayern begleiten.

weiterleben

Honza, Honzík, Honziček
spiel mir Böhmen in mein Herz
mit den Augen heller Freude
deiner Stimme dunkler Wehmut
mit deinem Schatz von Ahnenbildern
füllt sich meine Sehnsucht auf.

(Marta Brandner)

I

Durch die Windschutzscheibe sah ich einen regenschwarzen Himmel wetterleuchtend auf mich zukommen. Ich war nur noch wenige Kilometer vom Jagdhaus der Familie Drapák in Südböhmen entfernt und hoffte, dass ich es vor dem Gewitter ins Haus schaffen würde. Es donnerte und grollte.

Nach der genauen Beschreibung, die mir Onkel Vašek geschickt hatte, musste ich bald nach den letzten Häusern dieses wie verlassen wirkenden Dorfes durch einen Nadelwald kommen. Ich machte die Scheinwerfer an und durchpflügte die schwarzgrüne Wildnis. Von Waldbewirtschaftung keine Spur, zwischen den dunklen Stämmen sah ich Farn und Unterholz sich wildwuchernd verbreiten und sogar durch die geschlossenen Autofenster roch ich noch den Moder des Waldes. Schon seit langem war mir kein Auto mehr begegnet. In den verstreut liegenden Gehöften brannte kein Licht und kein Mensch zeigte sich bei diesem Wetter im Freien.

Der Wald lag hinter mir und eine offene Landschaft tat sich auf. Liebliche Rosenhecken und alte Holunderbäume säumten die Wiesenfelder. Am Gewitterhimmel zuckten die Blitze und ein böiger Wind blies. Bald würde der Regen einsetzen. Ich ging vom Gas und schon sah ich auf der rechten Seite den Feldweg, in den ich einbiegen musste. An alten Apfel-, Birn- und Zwetschgenbäumen, an deren waldzugewandter Seite Moos und Flechten wuchsen, fuhr ich langsam vorbei und sah, wie die Zweige mit den Früchten vom Sturm auf- und abgeworfen wurden. Ein sonnenheller Blitz beleuchtete den Wiesengrund und das Jagdhaus, das keine hundert Meter vor mir lag. Automatisch zog ich den Kopf ein, als der Donner um mich krachte.

Den Schlüssel fand ich, so wie mir mein Onkel geschrieben hatte, hinter einem großen Stein verborgen. Ich steckte ihn ins Schloss und öffnete das alte Jagdhaus, die hájovna, wie sie genannt wird. Schnell brachte ich noch meinen Koffer und die Tasche mit den Lebensmitteln ins Haus, da fiel der Regen, dicht und prasselnd, aufs Land nieder. Im Raum war es dämmrig und kalt und in meine Nase stieg ein würzig-rauchiger Geruch. Vor mir auf dem Holzfußboden lag eine tote Maus, ich bückte mich, hob das steife Tier am Schwanz hoch, öffnete noch einmal die Haustür und warf den Kadaver in hohem Bogen hinaus. Mein Blick fiel auf den Holzvorrat, der unter den Fenstern bis hin zum angebauten Schuppen aufgeschichtet war, und ich beschloss, den gemauerten Herd anzuheizen. Unter dem Vordach des Hauses erreichte ich trocken den Schuppen. Das Gewitter, das immer noch über der Gegend lag, holte sich aus unbekannten Sphären neue Kraft und Elektrizität. Fast im Sekundentakt folgten Blitz und Donner aufeinander. Ich ließ die Schuppentür geöffnet und bekam genügend Dämmerlicht, um den Holzbock und die Axt zu finden. Ich legte ein Holzscheit auf den Bock und fing an, Holz zum Anheizen zu spalten.

Du siehst dich mit Goetz am Holzbock stehen und Kaminholz sägen. Ein Berg von angelieferten Stämmen und Ästen liegt neben dir, du bückst dich, legst den Prügel auf den Bock und Goetz zahnt mit der Motorsäge gleichmäßige Stücke ab, kommt deinen Händen immer näher und du spürst die Vibrationen des Holzes unter dem Sägeblatt. Wie immer arbeitet ihr harmonisch Hand in Hand, nur die Gedanken und Gefühle sind völlig verschieden. Du findest, dass diese Arbeit keine Frauenarbeit sei und fragst Goetz, warum er nicht mit einem Mann, einem Nachbarn säge. Er lacht und sagt, so eine gefährliche Sache könne man nur mit der eigenen Frau machen.

»Stell dir vor, die Kette springt raus oder ich rutsche ab und säge daneben, dann zahlen wir bis an unser Lebensende!«

Ich musste lachen, obwohl mir zum Weinen zumute war, wie so häufig in letzter Zeit, wenn ich an mein Leben mit Goetz dachte. Ich sammelte die am Boden verstreuten Späne auf, nahm gleichzeitig so viele Scheite auf den Arm, wie ich tragen konnte und ging zurück ins Haus. Nirgends fand ich Zeitungspapier zum Anheizen. Ich zündete die zwei Petroleumlampen, die auf dem großen Esstisch standen an und sie erhellten den Raum ausreichend, doch erblickte ich nichts, das zum Anheizen geeignet gewesen wäre. Ich leerte die Tasche mit den Lebensmitteln, es kam ein wenig brauchbares Verpackungsmaterial zusammen und ich knüllte es in den Ofen, schichtete darüber die Holzspäne und zündete den Stoß an. Das Papier brannte schnell ab, die Flammen gingen aber nicht auf die Späne über. Ich kniete mich vor das Ofenloch, sah die verheißungsvollen orangeroten Flammen kleiner und blauer werden und verlöschen. Hauchdünne, schwarze Plackengebilde blieben zurück, die Scheite standen aufrecht.

Noch nie hatte ich selbst Feuer gemacht, immer nur Holz ins brennende Kaminfeuer nachgelegt. Nun war ich allein. Ich verharrte kniend vor dem Herd und schnitt mit einem Küchenmesser von den Spänen feine Spreißel ab und es gelang mir, sie zu entflammen. Ganz vorsichtig schob ich einen Holzspan zu den zarten Flämmchen und schon erstickte ich damit das züngelnde Feuerchen.

»Also noch einmal von vorn, es ist nicht einfach«, dachte ich.

Geduldig wiederholte ich dreimal den Vorgang und als

das Feuer endlich prasselte und der Herd Wärme abgab, überkam mich eine solch große Freude und Hoffnung, dass mir nichts in der Zukunft unüberwindbar schien.

Ich richtete mich für länger in der hájovna ein, stellte meinen mitgebrachten, batteriebetriebenen Kassettenrecorder auf den Tisch und drückte die Play-Taste. »Du guter Mond« sang ein Frauensopran das Lied an den Mond aus der Oper ›Rusalka‹. Die Kassette mit der Beerdigungsmusik meiner Mutter war eingelegt. Ich hielt beim Auspacken inne und hörte zu, wie immer dringlicher die Arie anschwoll, bis sie mit der verzweifelten Bitte schloss: »Oh Mond, erlisch mir nicht, erlisch mir nicht!«

Das ist der Code, den du mit in dein neues Leben jenseits der Moldau unbewusst mitnimmst. Immer wenn du die Arie in deiner Kindheit im Sonntagskonzert im Radio hörst, musst du weinen und weißt nicht warum, bis dir deine Mutter erzählt, dass diese Melodie von Onkel Vašek gepfiffen, das Signal für die im Wald versteckten Eltern war, gefahrlos in die Hütte zu kommen. Die Melodie setzt sich in dir fest, begleitet dich. Sie ist das Zeichen für deinen Verlust und Neuanfang und deine Mutter wünscht sich dieses Lied an ihrem Grab.

Fremd ist alles in der neuen Heimat, die Menschen, die Stadt, das Kinderzimmer und die Sprache. Du drehst dich um und Onkel und Tante sind verschwunden und sehr lange wirst du auf ein Wiedersehen warten müssen. Deinen Teddy drückst du fest in der Armbeuge an dich, damit dir der letzte Zeuge deiner Vergangenheit nicht verlorengeht. In München werdet ihr sofort in den Kindergarten der Nonnen gesteckt, den ganzen Tag einschließlich Essen und Mittagsschlaf. Das Wichtigste ist, die fremde Sprache schnell zu lernen, sagt die fremde Mutter und gleich am ersten Tag verzweifelst du an dieser Sprache. Niemand versteht dich, niemand zeigt dir den Weg zur Toilette, »záchod, čurat« - nichts versteht die Frau in dem langen schwarzen Gewand mit der weiß geplätteten Stirn, und du musst so dringend. Du rennst in den Garten und unter dem Maulbeerbaum lässt du dein Wässerlein plätschern. An einem Ohr zieht dich die schwarze Frau hoch, sie schimpft, doch du kannst sie nicht verstehen und sie zieht dich, Ohr voraus, bis auf die Toilette. Nun kennst du den Ort.

Schnell erlernen Olga und du die neue Sprache und verständigt euch untereinander in ihr. Die Mutter ermahnt euch, eure Muttersprache nicht zu vergessen und verlangt, dass zu Hause Tschechisch gesprochen werde. Nicht lange, da beginnt ihr, den Tschechisch fragenden Eltern auf Deutsch zu antworten, bis nach ein paar Jahren Deutsch die Familiensprache wird und das Tschechische nur noch Geheimfunktion hat.

Olga ist nur kurze Zeit mit dir im Kindergarten, dann wechselt sie in die zerbombte Volksschule nebenan. Du findest Kinderfreunde, Kurti und Heidi, die du bald nie mehr missen möchtest und weißt heute nicht einmal, wo sie zu finden wären. Mit Heidi spielst du im Sandkasten, sitzt mit ihr auf der Schaukel, schläfst neben ihr im Ruheraum und heimlich schleicht ihr auf den Speicher und drückt die Klinke herunter. Manchmal habt ihr Glück, findet die Tür zu den Säcken mit Trockenmilch unversperrt. Schnell greift ihr in einen Sack, holt eine Handvoll Pulver heraus und schleckt und schleckt den weißgelben, süßlich pappigen Staub.

Eines Tages passiert etwas Außergewöhnliches mit dir.

Es ist die Zeit am Nachmittag, zu der die Eltern ihre Kinder abholen kommen. Du sitzt mit Heidi auf der schwankenden Schaukel und ihr beobachtet die Pforte. So bist du schon einmal gesessen und hast sehnsüchtig wartend eine Pforte beobachtet. Da birst plötzlich etwas in dir und du sagst eiskalt zu Heidi:

»Ich muss dir etwas verraten, aber du musst mir versprechen, dass du nicht weinst, sonst sag ich's nicht.«

»Ich wein ja nicht, sag's doch!«

»Also ich weiß, dass deine Eltern fort sind, sie kommen dich heute nicht abholen, sie kommen nie wieder, du bist jetzt allein, vielleicht kommst du in ein Waisenhaus!«

Wie kannst du mit deinen fünf Jahren schon solche Gefühle empfinden. Es ist eine leidenschaftliche Schmerzeslust, die dein Inneres zerreißen und erlösen lässt. Und neben dir beginnt Heidi sirenenartig zu heulen. Du bleibst auf der Schaukel neben der schreienden Freundin sitzen, bis du deinen eigenen gurgelnden Schicksalsschmerz nicht mehr aushältst, dann springst du auf, umarmst sie und stammelst, dass es nicht wahr sei. Dass ihre Eltern doch kämen, wirklich kämen, bis sie sich beruhigt und du erzählst ihr deine Geschichte, deine Geschichte von den verschwundenen Eltern und dem Waisenhaus. Gemeinsam sitzt ihr auf der Schaukel und die Tränen laufen euch über die Kinderbacken.

Da siehst du auch schon die ersten Eltern, die ihre Kindergartenkinder abholen zur Gartentür hereinkommen. Kurti läuft zu seinem Vater, dem Kriegskrüppel ohne Beine. Er sitzt knapp über dem Boden auf zusammengenagelten Brettern, vier Puppenwagenräder sind daran angeschraubt und der Vater stößt sich mit handschuhgeschützten Händen vom Boden ab und rollt schnell auf seinen Sohn zu. Kurti ergreift die Leine vorne an diesem bizarren Gefährt und zieht seinen Vater nach Hause. Du verfolgst sie mit den Augen und siehst, dass sie ausgelassen miteinander reden. Da steht auch schon maminka vor dir und du springst von der Schaukel.

Noch einmal drückte ich auf die Taste und spielte das Lied an den Mond, das Lied an meine Mutter. Danach legte ich die Kassette mit dem Zyklus ›Mein Vaterland‹ von Smetana ein. Immer noch nicht verstand ich den geheimen Zusammenhang des Todes meiner Mutter am Todestag und zur Todesstunde des böhmischen Nationalmusikers Smetana. Bei der Beerdigung hatten wir vom tschechischen Priester, der ein Freund unserer Mutter war, erfahren, dass der heutige Beerdigungstag, der 16. Mai, das Fest des Hl. Nepomuk sei. Da war sie wieder, die unsichtbare böhmische Verbindung, in deren Netz auch ich verwoben bin.

II

Am nächsten Morgen hörte ich ein nähmaschinenartiges Tuckern, das sich dem Jagdhaus näherte. Ich sprang aus dem weichen Bett, die Matratze schaukelte.

Václav Drapák, mein Onkel Vašek, fuhr im Schritttempo heran. Seine ein Meter neunzig große, hagere Gestalt hatte er nach einem akkuraten Plan in den Cinquecento gefaltet. Ich riss das Fenster auf und winkte ihm lachend entgegen. Wie immer stellte sich bei mir diese ungebändigte Freude und Lebenslust ein, wenn ich meinen Onkel sah. Er war mein Lebensretter im Waisenhaus gewesen und dieses Gefühl habe ich weiter durch mein Leben getragen.

Von weitem schallte mir sein Bariton entgegen, er sang mich regelrecht bei jeder Begegnung an. Auf die Arie des Mondes folgte das Volkslied über das blauäugige Mädchen und immer auch die Hymne ›Kde domov můj‹, von der er wusste, dass sie mich zum Erschauern brachte.

Wir gebärdeten uns wie ein Minne-Paar. Andulka, die

jüngste Tochter von Onkel Vašek hatte mir einmal gesagt:

»Weißt du Hannah, gegen dich kommen wir nicht an. Du bist sein Augapfel und sein Diamant.«

Václav Drapák war immer schon der Anwalt der Schicksalsgeprüften gewesen. Zur selben Zeit hatten er und seine Schwester Milena mit dem Jurastudium begonnen und er war davon überzeugt gewesen, dass das juristische Denken nichts für Milena sei und er sie bald überholen und abhängen werde. Das Gegenteil geschah.

»Sie promovierte vor mir und noch dazu zweifach!« verriet er mir jetzt. »Sie war schon ein heller und schöner Kopf. Ich habe erst ein Jahr nach ihr promoviert und da war sie schon der aufgehende Stern am Polithimmel. Sie war Anwärterin auf ein Abgeordnetenmandat in der Tschechischen Sozialdemokratischen Partei und ich hatte gerade mit Kollegen die Anwaltskanzlei ›Raky, Drapák & Kuchlbier‹ gegründet, als der Mann mit der Schießbudenfigur uns an der Verwirklichung unserer Lebens- und Berufsvorstellungen hinderte.«

Ich hatte währenddessen das Frühstück vorbereitet und wir frühstückten zusammen. Es war eine heitere Leichtigkeit um uns, die sich nach dem Gewitter des vergangenen Abends auch am Himmel zeigte. Rein gewaschen war die Luft, die Wolken verblasen und das ewige Blau des Himmels spannte sich über uns. Ich wollte mir den Tag nicht mit Schicksalsgeschichten verderben lassen, ich wusste ja, wie es weitergegangen war. Ich wusste von den maßlosen Tötungen und Vernichtungen, die bis in den Kreis meiner Familie, bis zu mir selbst vorgedrungen waren. Immer wenn ich mit meinem Onkel zusammen war, hielt er meine Hand fest, wie auch jetzt während des Frühstücks und der Erzählungen, so als ob er weiter das Waisenkind an der Hand hielte.

Ich machte mich frei und sagte, ich hätte einen Wunsch. Meinem Koffer entnahm ich einen Leinenbeutel, verriet aber noch nichts über den Inhalt.

»Komm, lass uns zum Friedhof, zum Grab der Großeltern und Urgroßeltern Drapák fahren«, schlug ich vor.

Gemächlich näherten wir uns im Cinquecento dem Waldfriedhof der Kreisstadt. Onkel Vašek fuhr nie schneller als sechzig, um das wertvolle Auto zu schonen, das meine Mutter vor über zwanzig Jahren mit Tussex-Bons für ihren Bruder gekauft hatte. Man sah ihm an, er liebte sein Auto, er liebte seine Schwester Milena und er liebte mich.

Der Friedhof lag wie ein großer Park vor uns. Mit einer Seite schmiegte er sich an einen bewaldeten Hang und ich nahm mir vor, einmal durch den Buchenwald hinauf auf den Hügel zu gehen, mich auf einen Baumstumpf zu setzen und von oben auf die Gräber zu schauen. Es musste schön sein, aus der Stille des Waldes heraus die Ruhestätte meiner Ahnen zu sehen.

Auf dem Weg zum Familiengrab, Hand in Hand mit meinem alten Onkel, las ich auf den Grabsteinen die Namen der Menschen, die hier ruhten und mir tat sich vor meinen Augen die Mannigfaltigkeit auf, aber auch die Verworrenheit in diesem Vielvölkerstaat, der inzwischen zusammen mit diesen Menschen zu Grabe getragen worden war. Neben den typisch böhmischen Namen wie Husák, Havliček oder Havel, reihten sich vor mir ungarische, polnische, deutsche und deutsch-jüdische Namen aneinander. Die Träger der jüdischen Namen mussten alle zum christlichen Glauben übergetreten sein, sonst wären sie nicht hier begraben worden und ich überlegte, ob Menschen jüdischen Glaubens damals auch zum Hussitentum übergetreten waren.

»Unwahrscheinlich«, antwortete mir mein Onkel auf

meine laut ausgesprochene Frage. »Die Hussiten hatten weder die Macht noch die Intention zur Bekehrung. Außerdem lehnen die Juden die Slawen ab. Mit uns Slawen haben sie nur die Virtuosität in der Musik, im Schach und die Leichtigkeit Sprachen zu erlernen gemein. Im Denken und Gebaren dagegen sind sie Deutsche.«

Ich staunte über die noch nie gehörten Gedanken, die mein Onkel vor mich hinfallen ließ, aber zu einer erweiterten Ausführung war er nicht zu bewegen. Er musste ja laufend grüßen! Alle Menschen, die sich an dem Vormittag auf dem Friedhof aufhielten, grüßten ganz vertraut den »Herrn Doktor« und bei jedem Gruß blieb Onkel Vašek stehen und plauderte kurz. Er stellte mich, sein Hannachen, jedem vor und ich wurde angelacht und lachte zurück. Anscheinend war ich für die Menschen, denen wir zufällig auf dem Friedhof begegneten, keine Unbekannte. Ich gehörte zur großen Familie Drapák und die Leute fragten mich nach meiner Mutter und nach München.

Wir kamen am Familiengrab an. Eine Trauerweide war vor langer Zeit daneben gepflanzt worden und beschattete mit ihren sonnendurchwirkten Gebetsschnüren die zwei Generationen, die unter ihr ruhten. Ich öffnete meinen Beutel und kniete mich ans Grab. Mit einer kleinen Schaufel, die ich mitgebracht hatte, hob ich ein Loch aus. Dem Beutel entnahm ich ein Paar Schuhe meiner verstorbenen Mutter, gefüllt mit Münchner Graberde, und in jeden Schuh hatte ich ein goldenes Ringlein gelegt – die Eheringe meiner Eltern.

»Kukuruku, Gold ist im Schuh!« intonierte Onkel Vašek.

Wir mussten beide lachen. Ich beendete meine kleine Zeremonie, versenkte die Schuhe im Grab und schaufelte das Loch wieder zu. Laut sagte ich:

»Möge die dritte Generation in Frieden zu euch kommen. Wir die Lebenden werden in Achtung eurer gedenken.«

Bevor mir die Tränen kamen, stand ich auf, machte schnell ein Kreuzzeichen und Onkel Vašek nahm mich in seine Arme.

Danach wollte er schmausen gehen, wie er sich ausdrückte und von Milena reden, die als erste der drei Geschwister gestorben war. Wir fuhren langsam übers Land. Ich sog die alte und alt belassene Landschaft in mich ein, ich sah wieder hochsteigende Lerchen, Mohn- und Kornblumen, Feldraine und viele kleine Teiche mit Enten.

»Hier haben wir als Kinder immer unsere Ferien verbracht«, erzählte mein Onkel.

Wir fuhren hupend in Křešice ein. Ein wild und laut durcheinander laufendes Rudel aus Gänsen, Enten, Kindern und Hunden umringte den Cinquecento. Wir hatten viel Lärm und Erdstaub aufgewirbelt und aus allen Häusern schauten neugierige Köpfe. Vor einem großen, heruntergekommenen Anwesen, dem man seine ehemalige Pracht noch ansah, hielten wir an. Ein stattlicher Feuerkopf trat heraus.

»Das ist der rote Matěj«, sagte Václav, »mit dem bist du auch verwandt.«

Du starrst den Rotschopf an, hinter ihm erblickst du noch mehr Köpfe mit fuchsroten Haaren. Von beiden Linien, der väterlichen wie der mütterlichen, haben Olga und du die roten Haare geerbt, die du bis zur Pubertät als Qual empfindest. In jeder Schulbank, aus jeder Gruppe leuchtet dein Schopf heraus, nie kannst du ungesehen untertauchen. Auf der Straße in unserem Viertel deuten die Leute mit dem Finger auf euch und sagen »die brandroten Schwestern«, manchmal auch »die Hexen« und lachen darüber. Freche Jungen ziehen an deinen Haaren und schreien: »Aua, jetzt hab ich mich verbrannt!« und sie schütteln wehleidig ihre Hand.

Nur in England und Irland bist du keine Minderheit, da wirst du, rothaarig und sommersprossig, als eine der ihren akzeptiert. Erst nach der Pubertät erwacht in dir das Bewusstsein, dass du als Rothaarige auch provozieren kannst, mit schwarzen engen Hosen, schwarzem Rollkragenpulli und schwarz umrandeten Augen, die sündigen Haare schulterlang. So verwandelst du deine unschuldige innere Person in eine femme fatale und stellst zum Gaudium der Klasse einen Fuß auf einen Stuhl, die Haare verdecken eine Gesichtshälfte und du singst »Männer umschwirren mich wie Motten das Licht«.

Wir traten ins Haus ein.

»Milenas Tochter«, riefen die Menschen, die ich noch nie gesehen hatte, mir entgegen und küssten mich auf beide Wangen und zusätzlich auf die Stirn. In einem saalartigen Raum mit böhmischem Gewölbe stand ein langer, gedeckter Tisch, an dem wir Platz nahmen. In Vertretung von Milena war ich die Hauptperson. Mit meinem Kindertschechisch verstand ich nicht alles, es wurde zu schnell und durcheinander gesprochen, aber ich sah die guten, blitzenden Augen, das Glas mit dem mährischen Rotwein, das mir entgegengestreckt wurde, den Feuerkopf, der mir zuprostete und dann andächtig über mein Haar strich.

Neben mir nahm Onkel Vašek und auf der anderen Seite eine Kusine meiner Mutter Platz. Alle erwarteten sie von mir, dass ich aus dem Leben Milenas in Deutschland erzählte, zwanzig Paar Augen schauten mich an, mir schwirrte der Kopf. Da ließ ich mich in meine frühe Kinderzeit zurückfallen, sah mich zu Füßen meiner Mutter auf einem Schemel sitzen und gab hier, unter dem böhmischen Gewölbe wieder, was ich damals vernommen hatte:

»Povídám, povídám pohádku«, begann ich und erzählte durcheinander Ausschnitte aus den Märchen der Božena Němcová, die in meinem Gedächtnis bis heute haften geblieben waren. Die Runde hörte mir zu und ich merkte, wie ich mit den geheimen Seelenkräften der tschechischen Märchen verbunden war, die mir meine Mutter vorgelesen hatte.

Mit Tränen in den Augen applaudierte die Tafelrunde als ich mit dem Satz »Wenn sie nicht gestorben sind, dann leben sie heute noch« geendet hatte. Danach purzelten in kunterbunter Reihenfolge Erinnerungsgeschichten über Milena auf den Tisch. Onkel Vašek erzählte die Geschichte von der Erbschaft, die er und seine zwei Schwestern von einer entfernten Tante bekamen. Sie waren Studenten, Pa mit dem Studium gerade fertig und schon verheiratet. Und was hat jeder mit der Erbschaft gemacht? Pa hat sie in Einrichtungsgegenstände angelegt, die sie heute noch besitzt, er selbst hat das Geld auf die Bank getragen, wo es auf Nimmerwiedersehen zu Geldstaub zermahlen wurde. Nur Milena hat das Richtige getan. Sie fuhr in die teuere Schweiz, nach Zermatt, nahm sich einen Bergführer, lernte Klettern und Bergsteigen, bis das Geld zu Ende war. Nicht nur die tollsten Fotos zeugen von der Geldanlage - Milena beim Klettern im Kamin, am Überhang, beim Abseilen kopfüber, auf dem Gipfel des Matterhorns –, sondern auch ihre ganze weitere Haltung und ihr Mut im Leben belegten die gute Anlage der Erbschaft.

Es war eine lustige Gesellschaft unter dem weißen Deckengewölbe. Wir schmausten, tranken und lachten, die Geigen wurden hervorgeholt, und die Seele Milenas war mitten unter uns.

III

Mitten in der Nacht erwachte ich. Ich hörte das alte Haus stöhnen, das Holz sich zusammenziehen und knarzen und die Scharniere der Fensterläden quietschen. Ein Käuzchen meldete mir seine Schlaflosigkeit. Ich gähnte, richtete mich auf, war aber zu faul aufzustehen und die Petroleumlampe anzuzünden. Bald würde es tagen und das Gespräch über meine Eltern, das gestern Abend begonnen hatte, könnte ich mit meinem Onkel fortsetzen. Es hatte mich auch im Schlaf, im Traum nicht losgelassen und davon war ich aufgewacht.

Gestern Abend, als wir von der Familienfeier in das Forsthaus heimkehrten, hatte ich Onkel Vašek von dem Fund im Geheimfach berichtet.

Du gibst Olga den Schlüssel und fragst, ob sie den Mechanismus des Geheimfaches kennt. Sie ist in solchen Dingen schlauer als du, sie weiß ihn zu öffnen. Danach geht sie fort, gleichgültig gegenüber den darin verwahrten Sachen. Ist Olga nicht an der Vergangenheit interessiert oder kennt sie sie bereits? Du nimmst die schwarze Dokumentenmappe mit dem messingfarbenen Schnappschloss heraus und setzt dich damit an den Tisch. Dein Herz klopft. Auf dem Tisch breitest du Lebenszeugnisse aus, von deren Existenz du nichts weißt. Du schaust sie ungläubig an und dein Gehirn beginnt, Gespeichertes hervorzukramen, das darauf hinweisen könnte.

Hast du wirklich nicht gewusst, dass dein Vater von

den Nazis ins Zuchthaus gesperrt wurde und danach in Schutzhaft ins KZ Ravensbrück verlegt werden sollte? Du erinnerst dich an die Erzählungen deines Vaters über die Flucht und über seine Heldentat kurz nach der Ermordung Heydrichs. Du weißt, dass dein Vater ein Nazi-Gegner war, von Zuchthaus und KZ weißt du nichts. Oder sind für dich als Kind nur die Räuber-und-Gendarm-Geschichten interessant und erinnernswert, oder hat dein Vater seine Kinder vor der Tragik seines Lebens beschützen wollen? Oder wird darüber nicht gesprochen, um es schneller vergessen zu können? Dieser Haltung bist du auch in jüdischen Familien begegnet, in denen niemals über die Ermordeten gesprochen wird. Aber mit Schweigen kann man nichts totschweigen. Vor allem als Kind brauchst du Wahrheit und Offenheit, sonst gehst du zugrunde, lieber schreien als schweigen. Lieber dem Grauen in die Augen blicken als es unter dem Teppich versteckt zu wissen.

Neben den Gerichtsurteilen der NS-Justiz findest du den Ausweis deines Vaters als NS-Verfolgter und daneben legst du den Anstellungsvertrag deiner Mutter beim Reichsdeutschen Rundfunk in Prag. Wie geht das zusammen? Du verspürst den Wunsch, sofort nach Prag aufzubrechen und den letzten Überlebenden, den Bruder deiner Mutter, zu befragen. Und drei Monate später tust du es.

Ich saß im Bett und starrte zum Fenster in die nachtschwarze Dunkelheit hinaus. Noch kündigte sich kein himmlischer Lichtstreif an.

»Dein Vater war eine große Persönlichkeit«, hatte mir Onkel Vašek gestern Abend erzählt. »Als hervorragender Jurist, als Freimaurer, als integer denkender Humanist und Pazifist musste er natürlich die Aufmerksamkeit der

NS-Protektoratsregierung auf sich ziehen. Sie buhlten um seine Mitarbeit. Er bekam eine Stellung im Wirtschaftsministerium, aber als er nach eineinhalb Jahren immer noch nicht in die Partei eingetreten war und kein einziges Mal seinen Arm gehoben oder gar den vermessenen Heilsgruß ausgesprochen hatte, da inszenierte sein Chef eine tückische Falle, in die dein Vater tappen musste. Er hatte keine Chance auszuweichen.«

Es kamen Bilder, ich ließ den Tag, an dem mein Vater verhaftet wurde, vor mir aufleben:

Der Vorhang geht auf. Die Bühne ist gut ausgeleuchtet, es ist ein heller, sonniger Morgen. Man sieht ein großes Zimmer im Jugendstil mit prächtiger Stuckdecke. Dr. Hauser sitzt an seinem Schreibtisch aus dunklem Holz, er ist allein im Raum. Er arbeitet über Akten gebeugt. Es klopft. Und noch bevor er »Herein« sagen kann, geht die Tür auf und ein klein gewachsenes Bäuerlein tritt ein. Rundlich, schwejkisch, bekleidet mit Wams und einer Kappe, die er noch in der offenen Tür stehend vom Kopf zieht. Dr. Hauser wendet sich ihm zu.

»Ja?«

»Pan Doktor! Do is der Butter, was wir abliefern missen. Bittascheen!«

Das Bäuerlein tritt an den großen Schreibtisch des Herrn Doktor und deponiert darauf eine in Zeitungspapier und Lappen eingewickelte, sicher ein Kilo schwere Butterkugel. Nach einem weiteren »Bittascheen« wieselt das Männchen flink zur Tür hinaus.

Josef Hauser reagiert unwirsch, weil er in seiner Arbeit gestört wurde, weil auf seinem Schreibtisch die fettige Butterkugel lagert und weil er dem Bauern nicht erklären konnte, dass er hier falsch sei, dass er die Butter im Magazin abzuliefern habe und dort einen Schein ausgestellt bekomme. Nun muss er selbst das Paket ins Magazin tragen. Er ist sehr verärgert über diese Belästigung und beschließt, die Butter erst zur Mittagszeit auf dem Weg zur Kantine im Magazin vorbeizubringen. Jetzt hat er noch die Verträge zu redigieren.

Da öffnet sich schon wieder die Tür zu seinem Büroraum, ohne dass Josef ein Anklopfen vernommen hätte. Die Tür wird nicht vorsichtig, nicht unsicher geöffnet, nein, sie wird herrisch schwungvoll aufgerissen und es tritt der Chef auf, von allen Mitarbeitern der großen Behörde »der blonde Horst« genannt. Josef Hauser ist sprachlos. Noch nie hat der große Chef ein Zimmer seiner Untergebenen betreten, immer sind sie zu ihm auf die bel étage zitiert worden und nun steht der blonde Horst, das Haar korrekt und kurz geschnitten, im Zimmer, reißt seinen rechten Arm hoch und schmettert sein kraftvolles »Heilhitler« in den sonnigen Raum hinein.

Wieder bringt Josef nur ein fragendes »Ja?« hervor und steht auf.

Zielstrebig geht der Chef auf die offen daliegende Butterkugel zu, sticht mit hartem, erigiertem Zeigefinger immer wieder in den Ballen.

»Haha! Was haben wir denn da? Etwas abgezweigt aus dem Magazin? Haha! Oder sich bestechen, eine Gefälligkeit bezahlen lassen? Haha! Wehrkraftzersetzung ist das! Na, das werden wir schnellstens untersuchen lassen, Herrr Doktorr Hauser! Haha!«

Es wird dunkel auf der Bühne, der Vorhang fällt.

Danach änderte sich das Leben für meinen Vater und für meine Mutter sehr schnell. Vom Obersturmbannführer persönlich, dem Leiter der Abteilung zur Bekämpfung von Schieberei und Wirtschaftsbetrug wird Josef verhaftet. Kurze Gerichtsverhandlung, der Bauer als Entlastungszeuge konnte natürlich nicht ausfindig gemacht werden und es folgte die Verurteilung wegen Unterschlagung und Wehrkraftzersetzung zu vierzehn Monaten Zuchthaus.

Du weißt, dass das in einer Diktatur üblich ist, so ist es zu allen Zeiten, auf der ganzen Welt gewesen. Die aufrichtigen, die wackeren Menschen werden immer ausgeschaltet, denunziert, ein kleines Possenstück inszeniert und schon hat man sie in eine Falle gelockt. Die Falltür klappt automatisch zu. Du hast von diesen Mechanismen, von diesen teuflischen Machenschaften immer wieder gehört. Und trotzdem ändert sich nichts daran. Dieser Fall ist für dich ein besonderer, da wird das Grab für deinen Vater geschaufelt, das heißt für deinen zukünftigen Vater, denn du bist noch nicht einmal gezeugt.

Während ich mich den Bildern der Vergangenheit hingegeben hatte, war still das Licht in die Welt getreten und hatte mit nur einem winzigen Schritt die Natur wiederbelebt. Das nächtliche Schweigen war zu Ende. Ich hatte das Bedürfnis hinauszugehen in die zwitschernde, blökende und wiehernde Welt, stand auf und schlüpfte in Jeans und Pulli. Leise ging ich an Onkel Vašek vorbei, der wegen seines kaputten Herzens hoch aufgerichtet, fast im Sitzen schlief. Im Schlaf sah er krank und gezeichnet aus, zermahlen von Nazis und Kommunisten, und trotzdem, tagsüber zeigte er den Menschen noch viel von seiner Kraft und seinem Leuchten.

Ich schlich mich hinaus und schlug den Weg ein, der an einer Hecke entlangführte. In der Ferne sah ich Pferde und ich hielt auf sie zu. Bei den Pferden traf ich auf eine junge Frau mit einem kleinen Mädchen. Wir grüßten uns, sie erkannte in mir sofort die Hanička des Pan Doktor. Es schien, als ob jeder der meinen Onkel kannte, auch mich kannte.

Das kleine Mädchen kam vertraut auf mich zu, deutete auf ein Pferd und sagte, wenn die Slavka ein Fohlen bekäme, so sei das dann ihr Pferdchen. Ich fragte die Mutter, wie alt ihr Kind sei und starrte es an, als ich hörte, dass es zweieinhalb Jahre alt sei. Ich beobachtete die Kleine genau, wie sie sprach, sich bewegte, was sie sah und welchen Raum dieser junge Mensch schon in seiner Umwelt einnahm.

»So alt war ich damals, als ich ins Waisenhaus gebracht wurde.«

Dieser Gedanke grub sich dunkel in mir ein. Ich musste gegen sein Gewicht etwas tun und fragte die junge Frau, ob ich einen kurzen Ausritt machen könnte. Sie holte sofort das Sattelzeug aus einem nahen Schuppen und sattelte mir ein hochbeiniges Pferd mit gescheiten Augen. Ich saß auf und ritt zum Gatter hinaus. Im Schritt brachte ich das Pferd an den Zügel und gab dann das Zeichen zum Galopp. Das Pferd hatte einen weichen Rücken und galoppierte schnell dahin. Mir kamen all die Bilder in den Sinn, die Wüsten und Prärien durch die ich in meinem Leben schon geritten war und immer hatte ich dabei die Erde fester, den Himmel größer und mich weiter empfunden. So war es auch jetzt und im großen Bogen kehrte ich zum Gatter zurück.

Von weitem freute ich mich schon auf das Zusammensein mit Onkel Vašek. Ich sah, wie er zwischen Haus und Obstanger hin- und herging und als ich nah genug herangekommen war, bemerkte ich, dass schon ein gedeckter Frühstückstisch unter dem Kirschbaum bereitstand.

»Komm, setz dich, mein Käferchen, du musst müde sein, du hast nicht geschlafen!«

»Ja, aber trotzdem musst du weitererzählen«, antwortete ich, »außerdem ist im Tageslicht alles leichter anzuhören.«

»Nach seiner Entlassung hat dein Vater nie über die Dunkelhaft gesprochen. Ich werde dich heute oder morgen zu Väterchen Simon bringen. Er war zusammen mit Josef eingesperrt, er war Jude, jetzt ist er, wie er sagt, nur noch Mensch auf dieser Erde. Komm, iss, mein Käferchen!«

Ich griff zu, kostete vom angemachten Quark, vertilgte zwei weiche Eier, alles Produkte vom Nachbarhof und probierte die selbstgemachten Marmeladen. Der Wind strich unter dem Kirschbaum hindurch, hielt die Luft und unsere Köpfe leicht, so dass die Erzählungen meines Onkels an mir vorbeistrichen, ohne mir wehzutun.

»Es war der 27. Mai 1942. Wir vom Untergrund wussten, dass der ›Statthalter des Teufels‹, wie wir Reinhard Heydrich nannten oder ›der Mann mit dem eisernen Herzen‹, wie er von Hitler apostrophiert wurde, selbst in den Tod geschickt werden sollte. Im September 1941 kam er als Reichsprotektor nach Prag und schlagartig verschlechterte sich alles bei uns, die Lage der Tschechen, der Juden, die Angst und sogar die Luft zum Atmen. Seine Aufgabe in unserem Land war nach seinem eigenen Ausspruch:

›Die jüdischen Tschechen werden vergast und wer von den übrigen Tschechen nicht eingedeutscht werden kann, wird endgültig an die Wand gestellt.‹

Wir hassten ihn. Und als er sich auch noch erdreistete, unsere heilige böhmische Krone aus dem Schrein am Hradschin zu holen und mit der Krone auf dem Haupt vor seiner Familie prahlend zu stolzieren, da wurde sein Tod beschlossen. Die Sage überliefert, wer zu Unrecht die böhmische Karlskrone aufsetzt, stirbt eines jähen Todes. Am 27. Mai um 10 Uhr 30 traf Heydrich im offenen Wagen, in dem er immer, auch bei Regen, durch Prag zu fahren pflegte, die Granate und eine Woche später starb er im Krankenhaus. Und auch ein Sohn, der ebenfalls mit der Krone gespielt und gespaßt hatte, starb kurz nach seinem Vater bei einem Verkehrsunfall einen plötzlichen Tod.

Ab Mittag des Attentattages griffen schon die perfekten deutschen Jagd-auf-die-Täter-Maßnahmen. Der Transport mit öffentlichen Verkehrsmitteln wurde eingestellt, alle Ausfallstraßen kontrolliert, systematisch Wohnungen durchsucht und stündlich wurde über Rundfunk und über die vielen Lautsprecher, die auf Plätzen und in Straßen installiert waren, bekanntgegeben:

›Wer Personen, die an der Verübung des Anschlages beteiligt waren, beherbergt oder ihnen Hilfe leistet oder in Kenntnis von ihrer Person oder ihrem Aufenthaltsort keine Anzeige erstattet, wird mit seiner ganzen Familie erschossen.‹

Bis heute habe ich diese Meldung, die deine Mutter stündlich in drei Sprachen über den Rundfunk verlesen musste, im Kopf. Wir wären alle erschossen worden, denn Milena und ich kannten alle Adressen, unter denen die beiden Attentäter unterkommen konnten und dein Vater war in unserer Gruppe der einzige, der sich traute, Waffen zu beseitigen.

Zwei Tage vor dem Attentat wurde er aufgrund von Milenas Kontakten freigelassen, ich habe ihn mit meinem alten Opel abgeholt. Es war Josef, der da vor dem Zuchthaus auf mich zuschritt und es war doch ein anderer. Seine Gestalt hatte sich irgendwie verflüchtigt und er steckte in einem übergroßen Anzug. Auch seine Brille war ihm zu groß geworden und mit einem Gummiband am Hinterkopf festgehalten. Er schien nicht mehr ein Mensch aus Fleisch und Blut zu sein, er war wie aus durchscheinendem Glas geworden. Und mit dieser gewandelten Gestalt ging er langsamen Schrittes mit seiner großen Aktentasche durch Prag, holte bei den gefährdetsten Adressen die Granaten und Waffen und versenkte sie in der Moldau. Man sah ihm an, er war nicht mehr von dieser Welt, er hatte keine Angst, er war unbezwingbar geworden.

Die Vergeltungsaktionen in Lidice und Ležáky kennst du. Hitler forderte zehntausend tschechische Köpfe für den einen! Allein aus Milenas und meinem Freundeskreis sind mehr als dreißig Menschen erschossen worden und nur Zufall war es, dass wir nicht darunter waren. Am 27. Mai hatte unsere gemeinsame Studienfreundin Bára Geburtstag. Sie war hochschwanger und hatte uns zusammen mit ihrem Mann und zehn weiteren Freunden zu einem Mittagessen im Hotel Alcron eingeladen. Um elf Uhr wurde Milena in das Rundfunkgebäude bestellt, von dort aus rief sie mich an und teilte mir das Geschehene mit. Wir konnten nicht zur Geburtstagsfeier ins Hotel kommen. Milena war auf Sendung und ich musste unsere Gruppe informieren.

Alle am Geburtstagstisch sind sie erschossen worden! Weil sie, als die SS den Nebenraum betrat, in dem sie feierten, lachten und sich nichtsahnend mit mährischem Wein zuprosteten. Sie wurden wegen Gutheißens des Attentats verhaftet und erschossen.

Die Namen aller Hingerichteten wurden über Wochen von Marschmusik begleitet über die Lautsprecher auf Plätze, Straßen und in den verdüsterten Himmel hinausposaunt.«

Ich sah, wie mein Onkel durch die wiedererinnerte Vergangenheit kraftlos in sich zusammenfiel. Betreten starrte ich auf meine Semmel mit Himbeermarmelade, die mir jetzt wie frisch geronnenes Blut vorkam. Ich erlebte die Zeit, von der mein alter Onkel mir erzählt hatte, wie einen Kinofilm, gruselig und lehrreich, und doch war sie niemals mit dem wirklich Durchlebten vergleichbar. Ich wollte nicht mehr in die rote Semmel beißen.

Es war Mittag geworden und die Sonne stand im Zenit. Wir beendeten unser Frühstück unter dem Kirschbaum und machten uns auf zu einer Wanderung durch die Wiesen und Wälder Böhmens, durch Böhmens Hain und Flur.

IV

Wir waren bis zum Fluss Otava gelaufen und saßen jetzt am Ufer. Ich platschte flache Steine über das Wasser, vier, fünf Mal berührten sie die Wasseroberfläche bis sie das andere Ufer erreichten. Dabei ging mir wie ein Licht auf, dass meine Eltern sich genau hier, in dieser Gegend verstecken wollten, bis die brutale tschechische Gegenreaktion zum Stillstand gekommen und die tatsächliche Rolle meiner Mutter aufgeklärt worden wäre.

Onkel Vašek hatte mir gesagt, dass die Idee, seine Schwester Milena beim Reichsdeutschen Rundfunk unterzubringen, damals in ihrer Widerstandsgruppe entstanden sei, als Milena geklagt hatte, dass sie nach Josefs Verhaftung nicht wüsste, wovon sie leben sollte. Mit ihrer Arbeit beim Rundfunk konnte sie Geld verdienen und gleichzeitig der Gruppe helfen.

Ich fragte meinen Onkel, was seiner Meinung nach das Schicksal meiner Eltern gewesen wäre, hätten sie sich damals nicht bis München entfernt.

»Dein Vater wäre auch unter den Kommunisten im Zuchthaus gesessen, und deine Mutter wäre erschossen worden.«

»Das glaube ich nicht!«

»Es ist die Wahrheit, schau mich an. Ich habe gegen die Nazis gekämpft und nur durch Glück nicht mein Leben verloren und von den Kommunisten wurde ich fünfzehn Jahre im Straflager gequält und habe auch dort nur überlebt, weil ich Glück hatte. Es ist schon so, wie die Jesenská schrieb, Hitler und Stalin, Nazis und Kommunisten, das ist Holz aus demselben Stamm!«

»Wer ist Jesenská?«

»Das war die berühmte Milena, Freundin von Kafka. Für diese Freundschaft ist sie berühmt geworden, aber in Wahrheit war sie eine tschechische Prophetin und Märtyrerin. Wäre sie nicht im KZ Ravensbrück umgekommen, so wäre sie nach der ›Befreiung‹ von den Kommunisten vernichtet worden.«

»Aber warum?«

Ich konnte das nicht glauben, dass ein Nazi-Verfolgter nach der Befreiung von den Kommunisten, die doch auch Opfer waren, verfolgt worden wäre. Das ergab für mich keinen Sinn und wütend sprang ich auf und schmiss eine Handvoll Steine in den Fluss. Wie aus einem Krater spritzte das Wasser zischend hoch. Mein Onkel zog mich wieder auf den Platz neben sich und legte mir seine Hand ruhig auf die Schulter.

»Nicht reagieren, darum wissen, ist das Geheimnis. Hannah«, er wurde jetzt sehr ernst, »fall auf keine Dogmen herein, befolge keine Parteilinien, glaube nicht den Nachrichten, sondern schau die Menschen an, befrage die Verfolgten und gebrauche deinen eigenen Verstand!«

So hatte Václav Drapák immer gelebt und was war aus ihm geworden?

Vor dem Einmarsch Hitlers in seine Heimat war er gerade dabei, als hoffnungsvoller, junger Anwalt seine Karriere aufzubauen, da musste er sich während der Nazizeit auf einen kleinen Posten im Verwaltungsbereich verkriechen. Seine Aktivitäten entfaltete er im Widerstand und im Sport, im Eishockey, Tennis und Rudern.

»Wenn ich nicht diesen durchtrainierten Körper besessen hätte, wäre ich an den Bedingungen der Zwangsarbeit während der kommunistischen Ära gestorben. Wie so viele.«

»Was war der Anlass, dass dich die Kommunisten vernichten wollten?«

»Sie hatten nichts gegen mich persönlich. Ich war, als die stalinistischen Kommunisten im Februar 1948 die Macht an sich rissen – so eine Machtübernahme hatten wir ja schon erlebt – Richter in Prag. Ich versuchte gerecht zu richten, so wie es von uns gefordert wird, aber ich richtete nach dem Recht des Menschen und nicht gemäß den Richtlinien der Partei. Stalin forderte eine Entwürdigung und eine Vernichtung des geistigen und religiösen Menschen. Die Zeit der moralischen Verelendung begann. 1951 wurde ich verhaftet und ohne jede Begründung, ohne ein Verfahren ins Lager verbannt. So wie die ewigen Nazis heute noch argumentieren, Hitler hätte schon seine Gründe gehabt, die Juden zu vernichten, so sagen heute noch die fanatischen Kommunisten, auch Stalin hätte seine Gründe gehabt, die Bildungsschicht auszurotten. Es war aber ein Genozid des Geistes.

Wir mussten Wälder roden, bekamen dafür nur stumpfes, schlechtes Werkzeug und keine Maschinen. Wir Intellektuelle ersetzten die Maschinen. Etwas Dümmeres anzuordnen, gibt es nicht, das wusste natürlich auch die oberste Hierarchie der Kommunisten. Doch deren einziges Ziel bestand darin, unseren Geist zu töten. Heute wissen wir, dass der Stählerne Georgier zweiundvierzig Millionen Ermordete in seinem Plansoll aufweist!

Hannah, wenn du mein Leben anschaust, wirst du vielleicht denken, ich hätte umsonst aufbegehrt, mich umsonst quälen lassen und hätte umsonst überlebt, weil meine Haltung in meinem Leben bis heute keine Wirkung gezeigt hat. Trotzdem, mein Herzchen, merke dir, das Böse ist immer sofort wirksam. Das Gute aber hat eine langsame, oft nicht sichtbare Reaktion.«

Theoretisch weißt du das alles schon, hast viel darüber gelesen. Aber jetzt einen Menschen an deiner Seite zu sehen, der dieser Verfolgung und Vernichtung ausgesetzt war, das lässt dir eine Gänsehaut über den Körper rieseln. In deiner Phantasie entstehen Bilder, wie du selbst mit Heldentaten den Diktatoren trotzt. Voll Begeisterung erzählst du deine Attentats-Phantastereien.

»Sicher, mein Käferchen, du hättest uns mit deinem leidenschaftlichen Mut von Hitler und Stalin befreit, die Diktatoren von der Bühne gefegt!«

Du verstummst und beginnst zu grübeln, dass es doch nicht so leicht sein kann, in einer Diktatur den Diktator zu ermorden. Es gibt nur sehr wenige geglückte Beispiele dafür. Viel schwieriger ist es, in solch einem System als Mensch zu überleben und sein Licht nicht unter den Scheffel zu stellen, so wie dein Onkel es getan hat. Da wird dir bewusst, dass nicht du sein Diamant bist, sondern dein geliebter, alter Onkel der Solitär ist.

Ich blieb still sitzen und schaute in die Wellen des Flusses, bis der Fluss vor uns dunkel wurde. Schatten waren auf ihn gefallen und wir spürten die Kühle, die sich, seit die Sonne verschwunden war, im Flusstal ausbreitete. Ohne uns abzusprechen, standen wir gleichzeitig auf und machten uns auf den Heimweg. Mein Onkel hatte einen Arm um mich gelegt, wir schützten und stützten uns gegenseitig. Auf dem Rückweg durch den Wald schaute ich nach Pilzen für unser Nachtmahl aus, doch dann vergaßen meine Augen ihre Suche, als meine Ohren die unglaubliche Geschichte hörten:

»Unsere Strafkolonne kam im Mai im Wald an, den wir roden sollten. Da wartete kein Camp, keine Schutzhütte, keine Kantine auf uns, für alles waren wir selbst verantwortlich. Die erste Zeit war so bedrohlich schwer, dass wir kaum miteinander sprachen. Jeder grub sich ein Loch in die Erde, wir polsterten es mit Zweigen, Moos und Decken. Ich hatte eine geölte Persenning mitgeschleppt, die mir jetzt ein schützendes Nest gegen Kälte, Wind und Regen bot. Über das Erdloch baute ich eine Kuppel aus Steinen und Lehm. Es waren schon sonderbare Erdiglus, die da wie Pilze aus dem Waldboden schossen, und jeder Mann verwirklichte sich in der Art seiner Behausung.

Unser Trupp bestand nur aus Akademikern und nach der ersten körperlich harten Zeit fingen wir mit unseren abendlichen Vorlesungen an, um unseren Geist weiterzuschulen. Es war eine richtige Universität, eine Walduniversität, und alle Fakultäten waren vertreten. Der Tod war ständiger Gast bei uns, auch seine Vorlesungen besuchten wir. In den ersten beiden Jahren holte er viele von uns, viele aber starben erst nach Jahren an chronischen Krankheiten und wurden während ihrer Krankheit trotzdem von den Aufsehern zur Arbeit gezwungen.

Bis wir gelernt hatten, Fallen zu stellen und Wild zu erlegen, ernährten wir uns von Wurzeln, Beeren, Würmern und Fröschen. Manchmal gelang es uns mit der Steinschleuder einen Vogel zu fangen. Eigentlich stand uns einmal im Monat ein Paket von zu Hause zu, aber nur jedes dritte kam an. Hunger und schwere Arbeit sind eine tödliche Mischung. Ich betäubte meinen Hunger mit einem Sud aus Quecken und Gänseblümchen, so wie ich es von der Kräuterfrau aus Křešice noch in Erinnerung hatte, und ich rieb meinen schmerzenden Magen äußerlich mit den Blättern der Tollkirsche ein.

Andere aßen die süßen, verlockenden Früchte und starben daran.

Ich erspare dir die Schilderung, wie wir die Bäume gefällt und aus dem Wald gezogen haben. Für uns, die wir körperliche Arbeit in diesem Ausmaß nicht gekannt hatten, war es eine unmenschliche Anstrengung. Das Gute daran war einzig der menschliche Zusammenhalt. Wir verstanden uns gut und hielten wie Pech und Schwefel zusammen. Wir hatten ein System ausgeklügelt, dass einer, der sich noch körperlich stark fühlte mit einem Schwachen oder Kranken zusammenarbeitete. Außerdem rotierten wir bei den Arbeiten. Mal sägen und Äste hacken, mal Stämme mit Seilwinden herausziehen. Das war die schlimmste Arbeit.

Mit vierzig Jahren wurde ich in den Wald verschleppt, mit beinahe fünfzig kam ich zum Brückenbau. Aus unserer Waldarbeitergruppe wurden eines Tages die Längsten ausgesucht, und da ich ein Meter neunzig bin, fiel ich natürlich darunter. Ein Trupp von dürren Riesen bewegte sich im Gänsemarsch aus dem Wald zur nächsten Straße. Dort wurden wir auf offene Lastwagen verladen und kamen hierher nach Südböhmen. Ganz in der Nähe, nördlich von der Burg Orlik, sollten wir über die gestaute Otava eine Brücke bauen. Wieder bestand die Arbeiterschaft aus Akademikern, aus Lehrern, Juristen und Medizinern. Ich lernte auch das, mauern, mörteln, meißeln. Trotzdem, Hannachen, fahr niemals über diese Brücke, denn nur unser Geist hält sie zusammen!« Wir lachten.

Meine Gedanken schweiften ab. Kaum, dass ich noch den Erzählungen meines Onkels über seine Zeit beim Bau der Brücke folgte, über seine schlimmen Magenkrämpfe, die beim Tragen der schweren Steine einsetzten, über seine von Kalk und Zement verbrannten und aufgerissenen Hände und seinen andauernden Schmerzen im Kreuz, aber auch über die Freundschaften, die bis heute hielten.

In mir meldete sich ein schlechtes Gewissen. Im Angesicht dieses Schicksals und dieser Quälerei war ich beschämt über meinen jahrelangen jugendlichen Enthusiasmus, meine bedenkenlose Verteidigung des Kommunismus, weil ich damals noch an eine gute und gerechte Gesellschaft glaubte.

Du kannst dich noch sehr genau an den Tod des Georgiers erinnern. Die Namen der beiden Massenmörder des 20. Jahrhunderts werden in deinem Elternhaus niemals in den Mund genommen, und wenn im Gespräch eine Nennung nötig ist, sagt man ›der Braunauer‹ und ›der Georgier‹.

Du stehst mit deiner Tante Giselle an der Haltestelle Maria-Ward-Straße und ihr wartet auf die aus der Richtung des Botanischen Gartens heranruckelnde Straßenbahn Nummer drei. Deine Tante ist Lehrerin und sie kann es nicht lassen, dein Wissen auf Schritt und Tritt zu prüfen. Heute fragt sie die Erdteile und deren größte Länder ab.

»Asien: China, Sowjet-Union, Indien, Siam«, beginnst du mit der Aufzählung. Da wirst du unterbrochen.

»Heute ist Stalin gestorben«, sagt die Tante.

Du siehst vor deinem inneren Auge einen offenen Sarg, so wie du es in der Leichenhalle im Westfriedhof schon gesehen hast und darin liegt die Weltfigur aufgebahrt, die du von den Bildern in Zeitungen und Zeitschriften kennst. Du siehst Stalin in einem langen, weißen Leinennachthemd und sein Kopf mit dem widerspenstigen Haar und den bedrohlichen Augenbrauen und Bart ragt wie ein Löwenkopf aus dem Sarg heraus und passt gar nicht zu dem engelhaften Gewand. Du meinst die Glocken von Moskau zu hören, aber es ist das warnende Klingeln der sich nähernden Trambahn. Im Wagen ist noch Platz und ihr lasst euch nebeneinander auf der Holzbank nieder. Tante Giselle sagt:

»Du musst Stalin in dein Nachtgebet einschließen.«

»Aber wieso, er war doch böse!«

»Gerade die Seelen in der Hölle bedürfen der Gebete.«

Das passt dir gar nicht, du willst nicht für böse Menschen beten. Wie kommst du aber dann dazu, dass du kaum ein Jahrzehnt später, es schick findest, in prokommunistischen Sitzungen und Umzügen mitzulaufen und die Internationale zu singen?

Ich tauchte aus den Tiefen meiner Gedanken auf und hörte Onkel Vašek fortfahren, als hätte er meine Gedanken gelesen.

»Als ich dann unter Dubček von der Zwangsarbeit erlöst wurde und auf einen juristischen Beraterposten kam, da war mein Leben schon gelaufen. Die produktivsten, schönsten und erfolgreichsten Jahre eines Mannes hatten mir die Nazis und die Kommunisten geraubt und trotzdem erfüllte mich eine Dankbarkeit, dass ich noch am Leben war und es doch ganz gut gemeistert hatte. Aber in dem Augenblick, als ich im Westfernsehen, das wir ab Mitte der sechziger Jahre empfangen konnten, sah, wie die Jugend im Westen heldenhaft die Fäuste für den Kommunismus reckte und pathetisch die Internationale sang, da brach ich zusammen.

›Es war umsonst, umsonst, alles umsonst ...‹, pochte es unaufhörlich in meinem Kopf und ich riss den Stecker aus der Wand. Dann marschierten bei uns auch schon die Russen und ihre Trabanten ein. Ich wurde wieder meines juristischen Beraterpostens enthoben. Für körperliche Arbeit im Lager war ich zu alt und so wurde ich unter Hausarrest gestellt. Seitdem verbringe ich meine Tage damit, die Jugend im Tennis und Eishockey zu trainieren.«

Ohne Pilze kamen wir zur Jagdhütte zurück. Auf den Stufen vor der Eingangstür stand ein Krug Milch und ein Krug Bier.

»Schau, von der Nachbarin!« Er freute sich. »Die Menschen wissen, wie man zusammenlebt, nur die, die die Macht an sich reißen, zerstören die Ordnungen.«

Jeder von uns nahm einen Krug, ich sperrte auf und wir betraten das Holzhaus.

V

Ein prasselnder Regen weckte mich im Morgengrauen. Ich hörte dem monotonen Geräusch des niederfallenden Regens eine Zeitlang zu, es schläferte mich aber nicht mehr ein. Ganz im Gegenteil, ich wurde vom Rhythmus der Tropfen immer wacher, sie spritzten und knallten wie Sekt in meinen Ohren und so gab ich mich dieser fröhlichen Morgenlaune hin.

Ich stand auf und zog mir den graubraunen, handgestrickten Schafwollpullover über. Ich hatte ihn zusammengeknüllt im Haus gefunden, er roch nach Feuerrauch, Mensch und Tier und reichte mir bis zu den Knien. Wohlig strich ich ihn am Körper glatt.

Mit meinem Onkel hatte ich die Betten getauscht. Er schlief nun in der einzigen Schlafkammer der Hütte und ich hatte das Kanapee im Wohnraum bezogen. Es war ein altes Möbelstück, gefüllt mit Rosshaar und stabilen Spiralfedern. Sein filzgrüner Stoff war durchlöchert vom Fraß der Motten.

»Das Sofa stand immer schon hier und war immer

durchlöchert.« Und das sei ein Grund, es weiter dort stehenzulassen, meinte mein Onkel.

Für mich war es sonderbar, dass meine Mutter als Kind auf diesem Sofa gesessen war, auf dem ich jetzt schlief. Das Möbelstück gab es noch, sie nicht mehr.

Morgens nach dem Aufwachen machte ich mir sofort einen starken, schwarzen Tee mit Milch. Der early-morning-tea war ein Relikt aus meiner Londoner Internatszeit, ohne den ich keinen Tag beginnen wollte.

Dein Leben im englischen Convent in London hat dich sehr geprägt. Du fühlst dich dort zu Hause, wenn auch die Sehnsucht nach den wieder einmal verschwundenen Eltern deine Augen mit Tränen füllt. Du weinst immer erst abends im Bett, wenn du allein in deiner Zelle im dormitory liegst, Wand an Wand mit Tahira aus Pakistan und Naila aus Nigeria, deinen Freundinnen. Wieder bekommst du keinen Gutenachtkuss, kein Kreuzchen auf die Stirn und niemand wiegt dich im Arm. Du bist gerade dreizehn Jahre alt geworden und deine Eltern haben für ihre Töchter eins der ehrwürdigsten katholischen Klosterinternate ausgesucht. Sie wollen die beste Erziehung für dich und du willst doch nur bei ihnen zu Hause sein.

Die hohen Eingangstüren des alten Backsteinklosters schließen sich vor dir. Rhythmisch hörst du noch den Kies unter den leichten, sich entfernenden Schritten deiner Eltern knirschen. Mutter geht rechts im seidig-grauen Pelzmantel und hat sich in Vaters Arm eingehakt. Ihre Schultern reiben aneinander. Sie schreiten durch ein Spalier von Lebensbäumen auf das schmiedeeiserne Portal zu. Hinter ihnen schließt Reverend Mother die Pforte. Du siehst deine Eltern nicht mehr und eine Panik steigt vom innersten Punkt deines Körpers nach oben und findet keinen Ausweg. Zu weinen schämst du dich und gegen die aufziehende Ohnmacht kämpfst du an.

»Be a good girl!« sagt Reverend Mother und fährt dir mit einer tröstenden Geste über den Rücken.

Sobald deine Eltern verschwunden sind, lässt Olga dich einfach stehen. Sie marschiert allein davon, ihre rotgoldenen Locken leuchten im dunklen Klostergang.

Du lebst dich trotzdem gut ein, dank des feinen englischen Humors der Nonnen, der dir zeigt, dass man nicht immer gleich himmelhochjauchzend oder zu Tode betrübt sein muss, dass es da eine kleine Schutzvorrichtung gibt, welche die Höhen und Tiefen ausgleicht - the sense of humour.

Frühmorgens schon gibt es den herb-süßen englischen Tee mit Milch, damit ihr in der täglichen Morgenmesse nicht ohnmächtig umkippt. Das Lernprogramm ist streng, wird aber durch viel Sport - hauptsächlich Tennis und Rasenhockey - unterbrochen. Oft stehen Priester, ja sogar Bischöfe zusammen mit den Nonnen am Spielfeldrand und beobachten eure wippenden, kurzen Faltenröckchen. Danach müsst ihr eure verschwitzten Gesichter über den Ring des archbishop beugen. Es widerstrebt dir, ihn zu küssen. Be a good girl!

Schon nach kurzer Zeit finden dich die Nonnen sehr britisch und bei den Ausgängen wirst du als Einheimische betrachtet. Ganz allein dürft ihr am Wochenende durch London ziehen, so liberal sind die Nonnen und so friedlich ist die Zeit. Am liebsten geht ihr ins Kino und am Schluss der Vorstellung erhebst du dich und singst begeistert und mit Gänsehaut »God save the Queen«. Du erinnerst dich an die tschechische Hymne »Kde domov můj«, die du ebenso von Herzen liebst und du bist traurig für die Deutschen, denen man die Liebe zu ihrer Hymne genommen hat.

Ich ging hinaus zum Schuppen und holte das von Onkel Vašek schon gespaltete Holz herein. Als ich mit den Scheiten im Arm am Briefkasten vorbeiging, sah ich etwas Weißes darin blitzen. Die Scheite ließ ich in den Weidenkorb neben dem Herd fallen und heizte sogleich an. Es ging mir jetzt schnell von der Hand. Ich setzte den Wasserkessel auf die Platte und ging dann noch einmal hinaus, um den Briefkasten zu öffnen. Er war nicht abgesperrt, man konnte ihn mit einer kleinen Drehvorrichtung öffnen.

Wie sollte ich die winzige, ordentliche Schrift auf dem Kuvert nicht erkennen! Das erste Mal, als mir Goetz einen Zettel mit einer knappen Mitteilung an meine Wohnungstür gesteckt hatte, habe ich seine Handschrift ungläubig angestarrt und gedacht:

»Das kann nicht möglich sein! So ein großer, athletischer Mann, der in seiner Wut, die ihn bei jeder Kleinigkeit übermannt, noch wuchtiger wirkt, hat eine Schrift wie ein schmächtiges Dorfschullehrerlein.«

Ich nahm den Brief heraus, legte ihn auf den Tisch und las ihn erst, nachdem ich mir den Tee aufgegossen hatte. Es war ein langer Brief. Bis ins Detail informierte mich Goetz über seinen Tagesablauf, über das Wetter, über sein Hobby die Gartenarbeit und natürlich schrieb er mir auch von Hund und Katze. Während ich las, sah ich Goetz vor mir, wie ich ihn kannte, mit der pedantischen Einteilung seines Tages. Aufstehen, Essen, Zubettgehen immer zur gleichen Uhrzeit und nie nach Lust. Die Seiten auf denen er mir über das Fachliche, über die Auswirkungen von Blitzen auf Porphyrgestein berichtete, überflog ich schnell.

Eigentlich wollte ich von ihm nur einen Trost lesen, einen Zuspruch über den Tod meiner Mutter und die Zeit ihres Sterbens, die ich hinter mich gebracht hatte. Ich suchte nach einem Zeichen seiner Nähe und fand es nicht. Die wichtigsten Erfahrungen in meinem Leben, als Kind und als Erwachsene, hatte ich immer alleine durchgemacht. Wird es so bleiben? Zum Schluss hatte Goetz noch angefügt: Anruf deiner Schulfreundin Betty wegen eines Abiturtreffens Ende September. Bis dahin wollte ich längst zu Hause sein.

Im Nebenraum hörte ich Husten, ich stand auf und machte den Kaffee für meinen Onkel. Da ging auch schon die Tür auf und ich sah sein lachendes Gesicht im Türrahmen. Er trat auf mich zu, nahm meinen Kopf in seine großen Hände und drückte mir einen Kuss auf die Stirn. Im Stehen trank er Milch und schluckte eine Handvoll Tabletten, dann erst setzte er sich an den Tisch, trank Kaffee und rauchte und genoss es.

»Wenn du etwas so lange vermisst hast wie ich den Kaffee im Lager, dann sehnst du dich auch noch danach, wenn du ihn längst hast und täglich trinkst. Das Gefühl ist nicht mehr wegzubekommen, wahrscheinlich ist das wie bei einem Phantomschmerz.«

»Was machen wir heute, Onkelchen?«

»Weißt du was, wir besuchen meinen alten Freund, Väterchen Simon, der wollte dich schon lange kennen lernen. Einsame, alte Männer haben gern junge Frauen um sich«, er zwinkerte mich an.

»Ist das der Mann, der mit meinem Vater im Gefängnis war?«

»Ja, Hannachen, aber dort haben sie sich nicht kennengelernt, obwohl sie die Zellen nebeneinander hatten. Sie wussten voneinander, kannten ihre Namen und den Grund ihrer Verurteilung, weil ein milde gesinnter Wärter geplaudert hatte. Aber kennengelernt haben sie sich erst lange nach dem Krieg durch mich. Der Zufall brachte mich mit Simon zusammen und wir freundeten uns an. Irgendwann kam ich auch auf Josef zu sprechen und so entwickelte sich zwischen den beiden eine innige Brieffreundschaft, bis zu Josefs Tod. Gesehen haben sie sich nicht, Simon konnte nicht reisen und dein Vater wollte ja nie mehr einen Fuß in seine alte Heimat setzen.«

Natürlich war ich sehr neugierig auf diesen Simon. Ich räumte ab und wir machten uns fertig.

Am frühen Nachmittag bogen wir in der nahen Kreisstadt in die düstere Vorortstraße ein, in der Väterchen Simon wohnte. Eigentlich wäre die kurze Straße mit den Jugendstilhäusern und der Reihe von Lindenbäumen entlang der Straße hübsch anzusehen gewesen, doch starrte alles vor Schmutz, einem rußigen Firnis auf Häusern, Bäumen und Gehsteigen. Die jahrzehntelange Kohlenfeuerung hatte ihre Spuren hinterlassen. Es war kein Geld da, die Fassaden frisch anzustreichen und kein Regen konnte den Dreck abwaschen. Selbst die Kraft der strahlenden Sonne verpuffte an den geschwärzten Häusern.

Das ehemals herrschaftliche, zweistöckige Jugendstilhaus, vor dem wir hielten, war vor hundert Jahren von Simons Vater errichtet worden. An die feine Tuchweberei seiner Eltern erinnerte ein Rückgebäude, in dem nun die Maschinen einer staatlichen Fabrik stampften.

»Auch mit Besitz gingen Nazis und Kommunisten gleich um«, sagte Václav Drapák, »das Haus und die Fabrik wurde der jüdischen Familie erst von den Nazis weggenommen, 1945 bekam Simon den Familienbesitz wieder zurück, bis er ihm dann von den Kommunisten erneut entrissen wurde. Heute darf er in zwei Zimmern seines Elternhauses wohnen und Miete bezahlen.«

Wir stiegen ein stuckverziertes Treppenhaus hinauf, mit einer breiten, durchgetretenen Stiege und einem ornamentenverzierten Eisengeländer. An der Wohnungstür aus Mahagoniholz klebten sechs Namen und zeigten die Aufteilung der großen Wohnung an. Onkel Vašek läutete ein Mal lang, wie es hinter dem Namen angegeben stand und kurz darauf ging die Tür auf.

Da stand er also, Vaters Leidensgefährte und Václav Drapáks Freund. Zierlich, kaum größer als ich, aber mit einem mächtigen Kopf. Ein volles, wie auftoupiert wirkendes Haar umstand seinen Kopf, wie ein lichter Heiligenschein. Sein Gesicht strahlte, seine weißen Haare lebten, seine Augen waren tot.

»Er ist blind!«

Das hatte mir mein Onkel verschwiegen.

Die Männer gingen aufeinander zu, umarmten sich und klopften sich dabei auf ihre Rücken. Dann wurde ich vorsichtig in Arme genommen, die mich leicht wie Luft umfassten.

»Hannachen?« fragte Simon.

Er nahm mich an die Hand und führte mich, ohne irgendwo anzustoßen, in sein Zimmer. Ich betrat eine orientalische Höhle mit weinroten Teppichen, goldenen Kissen und Samtvorhängen, die dicht und schwer jedes Geräusch verschluckten. Die Mitte des Raumes nahm ein schwarzer Bechstein-Flügel ein und die alten Möbel waren aus dunklem, ölglänzendem Holz.

Der blinde Mann setzte sich ans Klavier, sammelte sich kurz mit schon über den Tasten stehenden Händen und spielte dann zu meiner Begrüßung drei Slawische Tänze. Als ich die Musik hörte, schloss ich meine Augen und ich sah mich im Ballettsaal zu dieser slawischen Musik fliegen, schweben, wirbeln.

Immer wenn du Musik hörst, verwandeln sich deine Arme, deine Beine, dein Rumpf in eine schwerelos fließende Masse, die der Melodie der Musik gehorcht und wie von selbst in einen ausdrucksstarken Tanz münden.

»Tanz, Hannah, tanz!« und dein Vater legt den Bolero oder eine Rumba oder Schwanensee auf den Plattenteller der Musiktruhe. Am liebsten tanzt du allein für dich, aber auch vor den Eltern und Olga hast du keine Hemmungen zu tanzen, die an der Phantasie deiner immer wieder neu erfundenen Schritte und Bewegungen Freude zeigen. Nur wenn dich dein Vater auffordert bei einem Gesellschaftsabend zu Hause vor seinen Freunden und ihren Gattinnen dich zu wiegen und zu drehen, sperrst du dich in dein Zimmer ein.

»Starallüren«, bemerkt Olga.

Die Gefühle, die beim Tanzen aufsteigen, sind dir heilig und du willst sie nicht von Fremden angestarrt wissen. Eine ganz eigene Insel des Glücks ist für dich der Ballettsaal. Dort machst du nicht nur das strenge ›exercise‹ durch, seit du fünf Jahre alt bist, dort sitzt du als heranwachsendes Mädchen über Stunden mit gekreuzten Beinen am Boden und verfolgst das freie Tanzen der Großen, die kurz vor einem Engagement stehen. Herr Nett am Klavier intoniert den Cancan und Anneliese schmeißt zwanzig exakte Pirouetten-Rondes durch den Saal. Auf die sich anschließende getragene Klaviermusik erhebt sich Helga und zeigt euch die Salome. Du bist nicht nur von dem, was man mit seinem Körper vollbringen kann, fasziniert, sondern du verfolgst wie in einem spannenden Film die vielen Wesen einer Frau, die da vor dir tanzend entstehen. Und danach gehen die Großen schwitzend unter die Dusche und sind wieder die kichernden und schnatternden Gänse.

VI

Die verhallenden Töne des letzten Slawischen Tanzes vereinigten sich in der Stille mit dem Sirren und Zischen eines Samowars, der auf dem gedeckten Tisch bereitstand. Ich klatschte. Väterchen Simon stand sich verneigend auf. Er hakte sich bei mir unter und während wir zum Tisch gingen, sagte er mir in seinem k.u.k.-Deutsch, dass er die Tänze für mich gespielt hätte, da er von Vašek wisse, was für eine Ballettratte ich sei. Wieder machte ich die Erfahrung, dass die Menschen mich aus Erzählungen genau kannten. Ich lebte nicht hier und doch war ich anwesend, als wäre ich niemals außer Landes gewesen.

Wir tranken vorzüglichen russischen Tee - »obwohl wir die Kommunisten hassen« - und aßen Buchteln, die mit einer süßen Masse aus Mohn und Rosinen gefüllt waren. Dazu wurde mir ein Schicksals-Potpourri kredenzt.

Wenn du es nicht erleben würdest, könntest du nicht glauben, dass man sein Schicksal so gütig und weise lächelnd erzählen kann. Nur die toten Augen zeugen von der Grausamkeit des Erlittenen. Warum haut Väterchen Simon nicht auf den Tisch und schreit »diese Schweine!«, stattdessen sagt er ruhig:

»Als Juden in einer hohen Funktion in der Kommunistischen Partei mussten sie mich 1941 selbstverständlich verhaften. Als vier spiegelblank gewichste schwarze Stiefel in mein Büro traten, wusste ich, dass meine Auslöschung als Mensch begonnen hat. In so einem Moment kannst du nicht mehr überlegen und dir eine Strategie für die Verhöre zurechtlegen. Ab da bist du allein und nackt und reagierst nur noch mit Reflexen, die dir innewohnen. Du haftest entweder an der geistig-moralischen Würde oder an deiner körperlichen Unversehrtheit. In diesem Augenblick ziehst du auch dein Leben nachher nicht in Betracht, wie es sein wird, entweder ohne Augenlicht oder ohne Selbstachtung weiterzuleben.

Bei den Folter-Verhören im Pečck-Palais war ich stumm, im Zuchthaus und in der Festung war ich stumm. Im Nachhinein kann ich nicht sagen, wie ich die Torturen so stumm habe überstehen können. Die Knochenbrüche, die Blendung, die Wunden. Ich habe keine Erinnerung an die Schmerzen. Was ich aber weiß, als ob es gestern gewesen wäre, das sind meine Gefühle. Jede Ohrfeige vergisst du, aber die Lüge mit der du jemanden verraten hast, klebt an dir bis zur letzten Stunde.«

Diesen Mechanismus kennst du seit den Tagen im Waisenhaus. Auch dort erinnerst du dich nicht mehr an körperliche Empfindungen, an Schläge, Kälte und Hunger. Was übrigbleibt sind die Schmerzen in deiner Seele. Sagt nicht auch Olga, dass die schlimmen Geburtsschmerzen bald vergessen sind, dass nur das überbordende Glücksgefühl in der Erinnerung bleibt, wenn dir dein neugeborenes Kind in den Arm gelegt wird.

Du würdest das Väterchen gerne fragen, wie das Seelenleid wieder aus der Welt zu schaffen sei, oder ob es immer dabliebe. Und würde das bedeuten, dass die Gedanken und Gefühle der in Konzentrations- und Straflagern, in Ghettos und Gefängnissen Lebenden und Sterbenden niemals erlöst werden können? Aber du traust dich nicht zu fragen. Und da hörst du auch schon, wie Väterchen Simon ins Zuchthaus in die Dunkelzelle gestoßen wird und nichts über das Martyrium seines Körpers sagt. Ganz genau erzählt er dir von seinen Sinneseindrücken.

»Es war Nacht in dem Verlies, immer nur Nacht und

so ahnte ich noch nicht, dass nach der Blendung die Dunkelheit für mich weiterbestehen würde. Ich tastete die Zelle ab, nasskalte, grobrissige Kellerwände, der Boden ebenso. Dort ertastete ich einen Knäuel Lumpen, wohl eine Art Zudecke und einen Kübel. Ich roch an den Wänden und an der Lumpendecke, alles roch gleich, nach modriger Feuchtigkeit, nach dem Sekret der Wanzen, nach Kot und Ausdünstung. Und bald muss ich selbst so gerochen haben, nach Schimmel und Wanzen. Augen kannst du schließen, wenn du etwas nicht mehr sehen willst, aber Nase und Ohren nicht. Den Geruch und die Geräusche trage ich noch immer in mir. Deinem Vater, Hannah, in der Nachbarzelle ist es ebenso ergangen.

In unserem Verlieskeller hallte und klopfte es unaufhörlich. Irgendwie liefen bei uns die Klopfgeräusche des ganzen Komplexes zusammen. Klopfende Wände, klopfende Gänge, klopfende Rohre, klopfende Gitterstäbe! Du meinst verrückt zu werden in dieser klopfenden, schwarzen Nacht und kannst deine Ohren nicht verschließen und weißt, dass es nie mehr aufhören wird. Auf der einen Seite hörst du die Lebenszeichen der Mithäftlinge in ihren Zellen und müsstest dich an dieser menschlichen Kommunikation beteiligen, aber in deiner Dunkelhaft verwirrt dich das ständige Klopfen und nimmt dir auch die Kraft, die du zum Überleben bräuchtest.«

Leidet dein Vater auch unter der klopfenden Nacht? Trägt er das Hallen in den Ohren, die Schwärze vor seinen Augen weiter durchs Leben, wenn er dich anlächelt und deiner begeisterten Erzählung vom Ballettnachmittag oder deiner atemlosen Schilderung aus dem Schulalltag zuhört? Trägt er das Klopfen und die Nacht weiter in sich, wenn er als immer freundlicher Chef in Sitzungen seine Anweisungen gibt, oder wenn er Olga in Ruhe ihre nicht standesgemäßen Freunde ausredet? Du hast deinen Vater nie böse, nie laut, nie zornig erlebt.

Jeden Mittwoch und Sonntag geht ihr zusammen zum Reiten. Du hast ein feuriges Pferd, dein Vater sitzt auf einem melancholischen Gaul. Wie in Zeitlupe reiten die beiden dahin, sogar Hindernisse nehmen sie mit einer traurigen Langsamkeit. Wie nimmt er das Klopfen der Pferdehufe bei eueren Ausritten wahr, kommt da eine unerträgliche Erinnerung auf? Du merkst nichts, damals kennst du noch nicht das nicht wieder Gutzumachende in der Lebensgeschichte deines Vaters.

Aus der säuselnden Stille heraus hörst du die Stimme von Simon fortfahren:

»Die Deutschen haben uns natürlich Wiedergutmachung gezahlt. Aber ohne dass wir uns abgesprochen hätten, haben dein Vater und ich das Geld nicht angenommen. Ein Haus kannst du ersetzen und neu kaufen, eine Seele nicht. Das bisschen Geld für euren verlorenen Landsitz in S. haben deine Eltern angenommen, zurückbekommen wirst du euer Haus nicht. Ich hoffe noch darauf, dass mir die Kommunisten mein enteignetes Elternhaus zurückgeben, aber es ist mir nicht mehr wichtig. Ich wohne ja hier und ich werde in dem von meinem Vater errichteten Haus auch sterben. Ich kann das jetzt in Ruhe und Frieden erwarten. Was dein Vater nicht konnte.«

Du ahnst nichts von der schmerzenden Unruhe in der Seele deines Vaters. Du siehst und hörst ihn all die Jahre in den Nächten im Herrenzimmer sitzen und traurige, klassische Musikstücke und Opernarien spielen. Er kann in der Nacht, in der Dunkelheit nicht schlafen, er geht erst zu Bett, wenn der Tag dämmert und die Helligkeit die Dunkelheit verdrängt. Dann schläft er ein paar Stunden.

Du machst dir keine Gedanken über die Gewohnheiten deines Vaters, über sein Wachen in der Nacht. Die

Frage, warum er nur bei Tageslicht schlafe, kommt dir gar nicht in den Sinn. Vielleicht hätte er dir geantwortet und dir von seiner inneren Sonnenfinsternis erzählt. Du kommst auch deshalb nicht auf den Gedanken deinen Vater danach zu fragen, weil er nach außen, im Tagesleben, keine traurige Figur ist. Er erzählt Olga und dir lustige Dinge, macht übermütige Spiele mit euch, wie Verkleiden und Verstecken im Dunkeln. Er ist auch ein eleganter Gesellschaftsmensch, du siehst ihn in Abendrobe mit Mutter zu den vielen Schwarzweißbällen aufbrechen, die es in den fünfziger Jahren gibt. Am nächsten Tag erzählt er dir von seinen witzigen Beobachtungen. In Bayreuth werden deine Eltern als illustres Paar fotografiert. Manchmal werdet ihr mitgenommen, zu Grafs und Königs, wie du spöttisch bemerkst und du wirst aufgefordert vor ihnen zu tanzen.

Dein Vater kennt jeden in der Stadt, aber nicht nur in München, auch in Wien, London, Madrid, und erst viel später ist dir bewusst, dass das alles Logenbrüder sind. Nach außen agiert dein Vater strahlend der Welt zugewandt, doch in seiner Seele lebt die weltabgewandte Seite. Mit den Jahren zieht er sich immer mehr zurück. Damals weißt du nicht wohin, heute hörst du von der klopfenden Nacht, bis seine Seele es nicht mehr erträgt und er sich selbst erlöst.

Ohne Priester steht ihr am offenen Grab, nur eine kleine Familiengruppe, denn deine Mutter wollte keine Öffentlichkeit dabei haben. Du stehst weinend da, hörst der bedachten Abschiedsrede des älteren Bruders deines Vaters zu, bist befremdet über die Zittrigkeit seiner beiden Schwestern und traurig, dass seine kleinen Enkelkinder fehlen. Wenn du Kinder hättest, dürften sie mit am offenen Grab stehen und dem Opa Murmeln, Klötzchen und Federn schenken. Du weinst und gleichzeitig bist du jung und verliebt, so verliebt, dass du nach dem Leichenschmaus zu deinem Geliebten gehst und die Trauer und die Tränen wegliebst. Doch Trauer vergeht und zersetzt sich nicht, wenn sie keine Nahrung und keine Aufmerksamkeit erhält, wenn sie einfach nur weggesperrt wird. Und so trägst du lange an der Trauer um deinen Vater.

VII

Den ganzen Nachmittag saß ich mit den beiden betagten Männern am Tisch. Onkel Vašek goss immer wieder von dem starken Tee-Extrakt, der in einer silbernen Kanne oben auf dem Samowar sang, in unsere Tassen und ließ danach das heiße Wasser aus dem Bauch des Samowars nachrinnen. Auch wenn wir mitten im Gespräch waren, so schwiegen wir während der Zeremonie und schauten den Handgriffen meines Onkels zu.

Plötzlich sagte Simon in die entstandene Stille hinein:

»Wenn wir ausgetrunken haben, reinigen wir den Samowar. Ich möchte, dass Hannachen ihn als Geschenk mitnimmt. So bleibt etwas von mir und von diesem Nachmittag bei ihr.«

Ich stand auf, ging zu Väterchen Simon und wollte ihn zum Dank umarmen. In diesem Augenblick überflutete mich die Erinnerung an russische Bücher. Früher hatte ich die gesamte russische Literatur gelesen und vieles übersetzt und jetzt fragte es in mir, was würde Fürst Myschkin, was Nechljudow machen? Wie würde sich Nastja verhalten? Diese Personen sah ich nur eins tun. So nahm auch ich beide Hände von Väterchen Simon und drückte einen Kuss darauf.

»Ich bitte dich um Verzeihung, für das was dir von den Deutschen angetan worden ist.«

Was ich da machte und sagte, kam mir sehr pathetisch vor. Simon entzog mir seine Hände.

»Nein, Hannah, so geht es nicht! Du hast mich nicht für mein Schicksal um Verzeihung zu bitten, du und alle in und nach diesem Krieg geborenen Kinder sind ohne Schuld. Ihr seid in die Zeit mitverstrickt, aber die Last ist bei uns, Tätern wie Opfern. Du kannst uns ehren und lieben, aber du kannst nicht unser Schicksal tragen. Was fällt dir ein! Warum sprichst du nicht über dich, Hannachen? Ich konnte damals mit meinem Verstand meine Gefühle im Zaum halten und verstand auch, was hinter der Politik der Nazis und der Kommunisten stand. Aber du und die Millionen Bomben- und Flüchtlingskinder, warum erzählt ihr nicht von den Bildern, denen ihr, ohne es verstanden zu haben, ausgesetzt wart, die in euch gedrungen sind wie Wasser in einen Schwamm.«

Von seinen Worten wurde ich überrascht. Stimmte das? Unsere ganze Erziehung bestand doch aus Sühne und Wiedergutmachung, was von den deutschen Vätern und Müttern angerichtet worden war. Die ganze Welt nahm uns in die Kollektivhaftung, sie differenzierte nicht zwischen Kindern, Naziopfern und tatsächlichen Nationalsozialisten. Immer wenn wir nach Frankreich oder Holland eine Reise machten, sagte mein Vater an der Grenze zu uns:

»Ab jetzt sprechen wir Tschechisch und Englisch.«

Auch in England war ich einer deutschfeindlichen Haltung begegnet. In einem Kreisverkehr mitten im verkehrsreichen London verursachte ich einen Auffahrunfall. Der Mann stieg aus seinem Rover, sah mich, meinen Käfer, sah mein deutsches Nummernschild an, sagte nur verächtlich »you rotten stinking German« und fuhr weiter.

Meine Generation kannte es nicht anders, als das, was uns selbst angetan worden war, zu verdrängen und die beschämende deutsche Schuld zu tragen.

Du stehst in einer Rotte Flüchtlingskinder auf dem Hof. Ihr prahlt mit dem Schlimmsten, übertrumpft euch mit den Schrecknissen eurer frühen Kindertage, von denen die Erwachsenen trotzig sagen:

»Da wart ihr doch noch so klein, daran könnt ihr euch gar nicht erinnern!«

Du verschluckst dich fast und dein Herz rast, als du deine Geschichte vom Maschinengewehr auf deiner Brust schilderst. Von der Zeit danach im Waisenhaus sagst du aber nichts. Sieglinde erzählt euch monoton wie es sich bis zum Hals im Moor steckend anfühlt:

»Warm und wohlig. Wenn nur das Schreien der Anderen und die Schüsse der Russen und das durchdringende Wiehern der Pferde nicht gewesen wäre.«

Sie verstummt und lächelt angstgetrieben. Hildchen, die Jüngste, will euch weismachen, dass eine Detonation sie im Kinderwagen, wie auf einem Luftkissen liegend, in die Höhe gehoben hätte, und dass es ihr schlecht würde, wenn sie diese Mischung aus Staub, Erde, Zement und Wasser röche.

»Das ist ja gar nichts!« übertrumpft sie Klaus. »Mir wird schon schlecht, wenn ich das Wort Metzelsuppe nur höre.«

Er erzählt, wie sie auf der Flucht aus Königsberg von den Russen eingeholt werden und die Großmutter sich hinkniet und schreit: »Betet! Die metzeln uns jetzt nieder!« Und wie Jahre später, als es den Überlebenden des Massakers wieder gutgeht, die Mutter eine Suppe serviert und sagt: »Das ist eine bayerische Metzelsuppe«, und wie der Klaus da plötzlich zu schreien anfängt, einfach so aus heiterem Himmel und die Mutter ihm einen Wisch auf den Hinterkopf gibt und sagt: »Hab dich nicht so«, und ihn zwingt, die Suppe zu essen, die er danach wieder auskotzt. Lore weiß noch wie zwei Russen ihre Mutter auf den Boden werfen und sich an ihr zu schaffen machen und die Mutter die ganze Zeit ihre Hand nicht loslässt und sie doch weglaufen will, weil sie das Keuchen und Wimmern und Schreien nicht aushält. Aber davon weiß niemand, davon wisst nur ihr.

Später gehst du oft am Sonntag Vormittag in die Matinee des Occam-Studios. Immer wenn sie den Film über das Warschauer Ghetto zeigen, sitzt du mit deinen Schulfreundinnen in den Reihen. Ihr seid fünfzehn, sechzehn Jahre alt und ihr fühlt euch als die guten Deutschen, die die Scham auf sich nehmen. An der Wand in deinem Kinderzimmer hängt ein großes Schwarzweißfoto des jüdischen Jungen, der mit erhobenen Händen von der SS aus seinem Versteck gescheucht wird. Dir und deinen Freundinnen ist es eine Herzensangelegenheit das Vergangene mitzutragen und nicht zu vergessen. Ihr haltet den Mund und klagt nicht, dass ihr all die Lasten, die eigenen wie die fremden nicht mehr schleppen könnt. Mit wem hättet ihr denn reden sollen? Heute fliegen nach jedem Kriegsgeschehen auf der Welt die Psychologen wie die Heuschrecken ein und kümmern sich um die Kriegskinder. Niemand interessierte sich damals für die Grauenbilder in euren Köpfen.

»Hört auf, lasst das Vergangene ruhen.«

Nur, wo ist die Ruhestätte dafür?

Simon wühlt längst Vergangenes auf, Wut regt sich in dir, aber gegen den Juden Simon, der doch selbst Folter, Dunkelhaft und KZ durchgemacht hat, darfst du keine Wut empfinden. Du weinst.

Meine Tränen ließen die beiden alten, von Nazis und Kommunisten geprüften Männer in eine fahrige Hektik gleiten. Onkel Vašek sprang auf, stellte sich neben mich und strich rhythmisch über mein Haar.

»Nicht weinen, mein Käferchen, was hast du?«

Väterchen Simon hatte meine rechte Hand ergriffen und streichelte mechanisch über meinen Handrücken.

»Aber Hannachen, was ist passiert?«

Die Männer waren ratlos. Ich weinte.

»Hannah, was ist los mit dir?« fragte mich mein Onkel nach einer Weile.

Ja, was war los mit mir? Ich fühlte Trauer und Wut zugleich, wusste nicht, ist mir von Simon etwas genommen oder gegeben worden. Wir verletzten Kinder und Jugendliche waren so selbstverständlich in diese deutsche Geschichte mitverstrickt, dass ich jetzt glaubte, Simon wollte mir etwas wegnehmen.

»Niemals«, so sagte ich den Männern, »ist über uns gesprochen worden und nie haben wir die Chance einer Wahl gehabt.«

»Ihr habt nur die Verpflichtung, aus der Katastrophe zu lernen, aber das hat eigentlich jeder Mensch auf der Welt.«

Simon drückte fest meine Hand.

»Die Toten gehören begraben und geehrt, aber sie gehören nicht auf die Schultern von unschuldigen Kindern. Ich verstehe dich, Hannah«, sagte er. »Weißt du was ich mir oft vorstelle?« Sein Mund lachte verschmitzt, während seine Augen tot blieben. »Dass es doch einen logischen Zyklus von Wiedergeburt gibt. Was passiert im Reich der Toten? Dort versöhnen sich Opfer und Täter und tauschen ihre Kleider. Der gepeinigte Jude kommt als rechtsradikaler Politiker wieder und aus der Nazigröße, Heydrich zum Beispiel, wird ein junger Schnösel im

Zentralrat der Juden. Und wieder treffen sie aufeinander. No, das wär a Hetz!« brabbelte Simon in seinem böhmischen Deutsch und lachte. Ich musste auch lachen und konnte ihn nicht ernst nehmen.

Auf der Rückfahrt zum Jagdhaus im engen Cinquecento mit dem Samowar auf meinem Schoß blendete uns die untergehende Sonne. Wir fuhren nach Westen, dem brennenden Himmel entgegen, der sein rot-violettes und goldenes Licht über Wolken, Wälder und Dächer verströmen ließ. Kein Augenblick war in dasselbe Licht getaucht. Himmel und Erde wechselten laufend Farbe und Form.

»Schau, nichts ist festzuhalten«, machte mich mein Onkel auf das Schauspiel am Himmel aufmerksam.

»So ist es auch im Leben. Einmal lebten Österreicher und Deutsche mit uns in Böhmen, heute sind es die Russen, und morgen? Wer wird es morgen sein?«

Auch Heimat vergeht, dachte ich. Aber vielleicht gilt der Schmerz nicht dem Verlust von Haus und Hof, von Wald und Feld, sondern er hat mit dem Fortsein und dem Gegangensein, mit dem Gestorbensein für die zurückgebliebenen Menschen zu tun. Sicher kann der Mensch ohne Heimat leben, aber nicht ohne die heimatlichen Menschen. Mit ihnen fühlt er sich verwandt und ihre Seelen berühren ihn. Auch meine Eltern verkehrten in München mit vielen Pragern. Das war die letzte Bindung, die ihnen verblieben war. Trotzdem haben meine Eltern die zurückgelassenen Menschen in ihrer Heimat niemals verschmerzen können. Der Verlust ihres Besitzes war sicher ein Schock, auch darin abzulesen, dass sie nie wieder ein Haus besitzen wollten. Aber, dass sie die Menschen nie mehr wiedergesehen haben, das wog schlimmer.

»Dass die Kommunisten ihre Grenzen so verriegeln ist menschliche Grausamkeit«, dachte ich laut.

»Was glaubst du, Hannah, wie ich gelitten habe, nicht am Sterbebett und am Grab von Milena sein zu dürfen.«

Wir schwiegen und schauten in den verglühenden Himmel.

Am nächsten Tag verließ ich Böhmen, das Land in der Mitte Europas. Es ist mein Heimatland, Vaterland und Mutterland zugleich. Solange die Eltern leben, tragen sie ihr Kind erst unter dem Herzen und dann im Herzen. Und am Ende trägt das Kind die Eltern nacheinander zu Grabe und trägt Vater und Mutter weiter im Herzen und weiter durchs Leben.

So ist Anfang und Ende, ein Zyklus

Epilog

Kurz nach meiner Rückkehr aus Böhmen nahm ich am Abiturtreffen meiner Klasse teil.

Magda, war wegen Depressionen vorzeitig im Ruhestand.

Ursula, hatte eine Entziehungskur in einer Privatklinik am Bodensee gemacht.

Caroline, hatte drei Scheidungen hinter sich.

Betty, war immer noch magersüchtig.

Renate, rauchte und trank und lachte, nur damit man ihr keine Fragen stellte.

Kathi, weinte fast den ganzen Abend.

Brigitte, wohnte in einer beschützten Wohngemeinschaft.

Sigurd, hatte ihren Bruder durch Selbstmord verloren und war seitdem lebensuntüchtig.

Margot, war wunderlich.

Alexandra, betonte immer wieder, dass sie im Kibbuz unsere Schuld abarbeite.

Karin, lachte schrill und erzählte Nymphomanisches.

Bärbel, befand sich auf der Flucht vor ihrer Seele.

Christine, stromerte bindungs- und wohnungslos durch die Welt.

Von vierzehn anwesenden Frauen hatten sieben keine Kinder.

Mir fielen die Worte von Primo Levi ein.
Unsere Generation litt für eine Schuld, die nicht wir, sondern andere verursacht hatten, in die wir aber verstrickt waren und die unwiderruflich war.